CHIEN CHASSEUR DE LOUP
PANAMA : LA RÉPUBLIQUE EN ENFER

Collection **Roman historique**

Déjà parus

Roger FAUCK, *La vie mouvementée du curé Jules Chaperon*, 2000.

André VARENNE, *Toi, Trajan. Treize entretiens avec un empereur païen au Paradis*, 2000.

Béatrice BALTI, *Zeyda, servante de l'Alhambra*, 2000.

Yves NAJEAN, *Era ou la vie d'une femme à l'aube du néolithique*, 2001.

Franz VAN DER MOTTE, *Mourir pour Paris insurgé. Le destin du colonel Rossel*, 2001.

Claude BEGAT, *Clovis, l'homme*, 2001.

Jessie RIAHI, *La reine pourpre*, 2001.

Marcel BARAFFE, *Les larmes du Buffle*, 2001.

Général Henri PARIS, *Cent complots pour les Cent-Jours*, 2001.

Raymond JOHNSON, *Le bel esclave*, 2002.

Claude BEGAT, *Les héritiers de Clovis*, 2002.

Jacques NOUGIER, *Les Bootleggers de Saint-Pierre*, 2002.

Marie-Anne CHABIN, *l'affaire Chevreau Julien*, 2002.

Yves MURIE, *L'enfant de la vierge rouge*, 2002.

Madeleine LASSERE, *Moreau ou La Gloire perdue*, 2002.

Turkia Labidi BEN YAHA, *A toi Abraham, mon père*, 2002.

Rafuk DARRAGI, *Egilona*, 2002.

Marcel BARAFFE, *Les Fleurs de Guerre*, 2002.

André LIVOLSI, *Naïda*, 2002.

Marielle CHEVALIER, *Sarita, princesse esclave*, 2002.

Yves NAJEAN, *Les hoplites ou la vie d'une famille athénienne au siècle de Périclès*, 2002.

Michel MASSENET, *La mort d'Alexandre Le Grand*, 2002.

François DALLAIRE, *Le sauvage blanc*, 2002.

Gildard GUILLAUME, *Les noces rouges*, 2003.

Claude BEGAT, *Brunehilde, reine trahie*, 2003.

Dominique LAPARRA, *Destin d'argile*, 2003.

Christian DUVIVIER

CHIEN CHASSEUR DE LOUP
PANAMA : LA RÉPUBLIQUE EN ENFER

roman

© L'Harmattan, 2003
5-7, rue de l'École-Polytechnique
75005 Paris – France

L'Harmattan, Italia s.r.l.
Via Bava 37
10124 Torino
L'Harmattan Hongrie
Hargita u. 3
1026 Budapest
ISBN : 2-7475-3425-1

A Colette, Vincent, Jean Manuel et Alain, ma famille.

A la mémoire de mon père.

A la mémoire de ma mère.

PROLOGUE

LE SCANDALE DU CANAL DE PANAMA

Un matin de l'automne 1892, Henri Chateau-Gombert, célèbre polémiste du journal *'Valeurs Républicaines'* qui signait ses articles du pseudonyme de Chabert était, comme à l'accoutumée, installé à une table de l'arrière-salle du Procope dont il avait fait son quartier général. Devant lui, un encrier, une plume et du papier. Il mettait la dernière main à un article qu'il avait intitulé "*Il y a quelque chose de pourri dans la République de France.*" C'était la synthèse d'une longue enquête et d'une série d'articles préliminaires relatifs à l'affaire du percement du canal de Panama.

Petit homme trapu, au dos légèrement voûté, à la figure intelligente que soulignait éternellement un sourire gouailleur, l'oeil malicieux, Chabert était un pamphlétaire redouté et un enquêteur implacable. Pourvu d'un sens civique rare, ne comptant plus les procès en diffamation dont il avait été l'objet sans jamais en perdre un seul, il avait réussi à démêler l'écheveau complexe de cette affaire grâce à son opiniâtreté et au concours d'un réseau d'enquêteurs et d'informateurs qu'il avait tissé au cours des années.

Ses révélations allaient démasquer les agissements de nombre de personnages plus ou moins connus du grand public, de banquiers peu scrupuleux et de profiteurs infâmes qui avaient bâti leurs fortunes sur l'infortune des petits porteurs et sur la crédulité de l'opinion publique. L'affairisme parlementaire y était dénoncé comme l'un des rouages essentiels du système républicain.

Ayant mis un point final à son enquête Chabert, ce matin-là, relisait l'article qu'il venait d'écrire avec un sourire satisfait sur ses lèvres gourmandes:

"Au cours de ces dernières semaines, nos fidèles lecteurs ont pu suivre l' avance de notre enquête sur l'affaire du Panama. Le temps est venu d'en faire la synthèse. Et quand vous aurez terminé la lecture de cet article, vous pourrez dire comme moi: " Il y a quelque chose de pourri dans la République de France".

On vous avait bien expliqué que le percement du Canal Interocéanique du Panama était la grande aventure qui devait faire honneur à notre esprit d'entreprise et à la supériorité de notre technique. Aujourd'hui l'imposture est flagrante. Il ne reste que la déconfiture d'une opération avant tout destinée à faire réaliser d'énormes profits à ses promoteurs.

Vous connaissez tous le sieur Ferdinand de Lesseps, l'homme du Canal de Suez. Celui que Gambetta appelait le 'Grand Français' nanti de toutes les mâles vertus de la nation. Celui par qui la gloire... et le scandale arrivent. Le 'Grand Français' ne faisait pas précisément dans la modestie et dans la compétence, ni les financiers qui l'ont "soutenu" dans la dentelle. Derrière lui se pressaient spéculateurs, financiers, banquiers, entrepreneurs de travaux publics, élus du peuple, grands et petits fonctionnaires, journalistes, tous avides de participer à une curée qui a conduit au plus grand scandale qu'ait connu la République.

Aveuglement, incompétence, tromperie, malhonnêteté, inconséquence, tels sont les qualificatifs qui marquent la gestion du 'Grand Français'.

A partir d'un budget prévisionnel de six cents millions

de francs, manifestement sous-évalué puisque les avis les plus autorisés prévoyaient plus du double, l'homme prétendait couvrir le coût des travaux par la seule souscription publique sans faire appel à l'aide de l'Etat ni à la spéculation bancaire. Dès lors on se demande pourquoi la société internationale qu'il allait créer était domiciliée, par un curieux hasard, à la Commandite de Banque Kohn Reinach et Compagnie.

Il prétendait percer un canal long de 70 kilomètres, large de 22 mètres, profond de 12 mètres, traversant un relief accidenté avec, par endroits, des dénivellations de terrain d'une centaine de mètres, sans une seule écluse!

Il n'avait pas prévu d'avoir à racheter aux Américains à un prix exorbitant la Compagnie des Chemins de Fer de Panama, indispensable à ses travaux. Ni d'avoir à construire un barrage avec une retenue d'eau de 1 milliard de mètres cubes pour dompter les débordements de la rivière Chagres lors des pluies torrentielles fréquentes dans le pays. Ni même d'avoir à agrandir et à réaménager les ports de Colon et de Panama.

Les difficultés rencontrées sur le terrain, les retards considérables des travaux sur les prévisions, le rachat des actions de la Compagnie des Chemins de Fer de Panama après que les Américains eussent fait gonfler artificiellement leur prix par des manoeuvres boursières, ne tardèrent pas à entraîner des difficultés financières que l'on tenta de masquer par une série d'emprunts dont la majorité ne fut pas couverte, et aboutirent à la faillite de la Compagnie du Panama en 1889, avec un passif évalué à 1,2 milliard de francs. Comment en était-on arrivé là?

Des entrepreneurs peu scrupuleux s'enrichirent sans

travailler en combinant la technique éprouvée du dépassement "convenable" des devis prévisionnels et la recherche de sous-traitants locaux se contentant de marges nettement inférieures à celles pratiquées en Europe. L'Entreprise Artigné, Sonderegger et Compagnie a, par exemple, empoché plus de 32 millions de francs en ne faisant exécuter que le cinquième des travaux pour lesquels elle avait été payée. Vous avez dit escroquerie? Un certain Gustave Eiffel a touché de la Compagnie du Panama environ 75 millions de francs dont 33 ne trouvent aucune justification.

Des banquiers avides et peu scrupuleux se sont enrichis de façon scandaleuse sur le dos des petits porteurs envers qui ils se rendirent coupables de véritables abus de confiance. Des syndicats félons furent constitués par les Kohn-Reinach, Ernest et Georges May, Morel Kahn, Frédéric Grieninger, Oberndoerffer, et les frères Heine. Leurs services se bornaient à prêter leurs guichets à la Compagnie à des prix exorbitants, sans prendre le moindre risque industriel et sans jouer, auprès de leur clientèle modeste, le rôle qui normalement doit revenir à des financiers honnêtes: Lui déconseiller les titres qui fragilisent son portefeuille et la mettre en garde contre les dangers qu'elle encourt. Quand ils avançaient des fonds à la Compagnie du Panama, c'était à des taux dépassant largement ceux de l'usure. Un exemple: Selon l'analyse d'un montage financier réalisé par le dénommé Oberndoerffer pour la Compagnie, ce monsieur a fait un bénéfice net qui, exprimé en annuité, correspondrait à un taux inimaginable de, tenez-vous bien, 8000 %!!!

Peut-être pensez-vous, cher lecteur, que ce genre de fricotage est rare? Détrompez-vous! Le Crédit Lyonnais, la

Société Générale, les Heine, les Rothschild et tant d'autres se livrent aux mêmes pratiques. C'est ce qui s'appelle, en jargon financier, faire tourner le capital.

Dans les conseils d'administration des sociétés bénéficiaires des commandes de la Compagnie du Panama on dénombre aussi bien des requins de la haute finance qu'une pléthore de politiciens et de parlementaires. Paul Barbé, futur Ministre de l'Agriculture, les députés Naquet, Le Guay, Martin et Vian sont membres du Consortium de la Dynamite, explosif indispensable aux travaux de percement du canal. Les exemples de telles connivences sont nombreux. Mais ce n'est pas tout! Dès le début de l'année 85, de Lesseps et les administrateurs de la Compagnie prise dans la spirale des dettes, comprenant que l'épargne populaire était de moins en moins solide, avaient saisi officiellement le gouvernement d'une demande d'autorisation d'émettre un emprunt à lots, donc avec tirage annuel d'une loterie destinée à appâter la petite épargne. En effet, une loi datée de 1836 stipule que seules les Chambres peuvent autoriser, après un vote, ce type d'emprunt qui séduit artificiellement le petit épargnant par des primes en y introduisant le jeu du hasard. Dans un premier temps, la commission parlementaire désignée avait émis un avis défavorable. Mais le 1er mars 1888, la Compagnie revenait à la charge. Deux mois plus tard la proposition de loi autorisant le lancement de l'emprunt à lots était votée après un avis favorable émis par une deuxième commission. Il est intéressant de noter qui faisait partie de cette dernière:

MM. Le Guay et Martin, administrateurs de la Société La Dynamite (tiens, tiens!).

M. Henri Maret, jusqu'alors fort critique de la gestion

de Ferdinand de Lesseps, mais dont les gros besoins d'argent diminuèrent considérablement après le vote (c'est comme on vous le dit).

M. Albert Pesson qui a perçu 500.000 francs de la Compagnie (on se demande bien pourquoi, n'est-ce pas ?).

M. Sans Leroy qui déposa un fort beau chèque sur son compte en banque le lendemain du vote favorable (oh! oh!).

M. Duguay de la Fauconnerie qui défendit avec ardeur le projet de loi après avoir reçu un chèque de 25.000 francs (en toute amitié) du baron de Reinach, l'un des principaux membres de ces syndicats bancaires félons dont je vous parlais plus haut.

D'autres parlementaires intervinrent auprès de leurs confrères dans les Chambres :

Le député Emmanuel d'Arènes fustigea si bien les abstentionnistes qui refusaient de voter la loi qu'il fut récompensé un peu plus tard par une généreuse donation du fameux baron (eh! eh!).

Le sénateur Béral défendit avec ardeur la loi devant le Sénat, tout heureux d'encaisser 40.000 francs du bon baron (il faut bien être équitable, n'est-ce pas ?).

Enfin, des listes comprenant des parlementaires achetés pour émettre un vote favorable circulent dans les milieux bien informés, dont je fais naturellement partie. Le chiffre de 140 concussionnaires est avancé. Il ne m'étonnerait pas que cela soit très en dessous de la vérité.

Qu'a donc fait la justice devant ce scandale ?

Entre la mise en liquidation de la Compagnie du Panama suivie d'une plainte déposée contre ses administrateurs, les pétitions adressées à la Chambre des Députés, et le vote à l'unanimité par les députés d'une pieuse résolution demandant des mesures répressives énergiques, il s'est écoulé pas moins de trois années. Voici en bref le calendrier des événements:

    - *Février 89:* mise en faillite de la Compagnie du Canal de Panama.

    - *Mars 89:* plainte en due forme déposée contre ses administrateurs. Un nouveau Procureur Général, Quesnay de Beaurepaire, est nommé.

    - *Mai 90:* le rapporteur de la commission des pétitions remet son dossier. Il ne restait alors que 18 mois avant que survienne la prescription.

    - *Juin 91:* le Procureur Général demande au Président de la Cour d'Appel d'ouvrir une information contre l'ancienne direction de la Compagnie. Le Conseiller Prinet est chargé de l'affaire.

    - *Janvier 92:* vote à l'unanimité de la résolution demandant des mesures répressives "énergiques" par les députés.

    - *Mai 92:* le juge Prinet prend connaissance du rapport de l'expert comptable chargé d'éplucher les comptes de la Compagnie.

    - *Juin 92:* le juge Prinet remet son rapport au Procureur Général Quesnay de Beaurepaire. Celui-ci attend le retour des vacances pour déposer ses conclusions. Comme on dit, la justice suit son cours. Le cours d'un long fleuve tranquille.

    Pourquoi ces retards? Parce que le Procureur Général est un magistrat politique, soumis aux ordres du gouvernement;

Parce que le gouvernement, et en particulier le Président du Conseil Emile Loubet et le Président de la République Sadi Carnot lui conseillèrent la plus grande prudence et, se portant garants de l'honorabilité du 'Grand Français', l'engagèrent à se hâter lentement. On ne sait jamais, n'est-ce pas? Le grand homme aurait pu avoir la bonne idée de succomber, entretemps, à une quinte de toux ! Parce qu'on a choisi, pour instruire l'affaire, le dénommé Prinet, si connu pour sa lenteur. Parce qu'enfin le Procureur Quesnay de Beaurepaire (de bandits serait-on tenté d'ajouter) fournit successivement deux conclusions contradictoires, d'abord en accablant de Lesseps, puis en concluant au non-lieu le mois suivant. Le Garde des Sceaux Ricard dit 'La Belle Fatma', agitant le spectre du scandale, fera suffisamment peur à ses collègues du Conseil des Ministres pour demander, mais un peu tard, l'inculpation des responsables.

Quant aux nombreux députés vendus, ils peuvent toujours se voter une amnistie! Je l'affirme et le crie bien fort: il y a quelque chose de pourri dans la République, cette belle République tombée aux mains d'entrepreneurs sans scrupules, de financiers véreux, de politiciens corrompus, d'une presse vénale et d'une justice aux ordres. Une République en enfer. Quand la loi permet les enrichissements scandaleux, il faut en changer. Quand l'absence de loi permet à des politiciens corrompus de tirer de leur situation des bénéfices indus, on légifère. Quand la morale la plus élémentaire est bafouée par ceux qui prétendent représenter le peuple, il faut faire tonner la voix du suffrage. Il est grand temps d'assainir le régime républicain, ne trouvez-vous pas?

CHAPITRE 1

L'Imprimerie Garandot siégeait au 5 de la rue du Croissant, dans le deuxième arrondissement de Paris. L'homme qui, après une hésitation, pénétra ce jour-là dans la vaste cour au fond de laquelle se trouvaient les ateliers, serrait précieusement un volumineux dossier sous son bras. Il examina les lieux et aperçut au pied de l'escalier de bois qui menait à un local au-dessus de l'imprimerie l'écriteau muni d'une flèche ascendante sur lequel était écrit: LE VENGEUR - BUREAU. Apparemment satisfait, il gravit lestement les marches qui le séparaient du palier de l'étage, et vint frapper à la porte du journal. Une voix énergique répondit:

-Entrez!

L'homme s'exécuta et pénétra dans une petite pièce d'une simplicité presque spartiate. Une table assez grande en bois blanc derrière laquelle siégeait Philippe Cabrissade; une autre table, plus petite et du même bois, dans un coin pour son adjoint Etienne; trois chaises, une lampe à pétrole, le tout constituait l'ameublement. Les murs étaient tapissés de notes, de coupures de journaux fixées par des punaises. Deux épées croisées accrochées au mur au-dessus d'une porte vitrée obturée par un voile à carreaux, donnant sur le logement du journaliste, et quelques portraits mal encadrés complétaient la décoration.

Philippe Cabrissade avait la trentaine, le poil brun, les yeux foncés, la figure énergique. De grande taille, mince, svelte, sa carrure, quoique empreinte d'une élégance innée, évoquait l'homme sportif accompli . Un observateur attentif était immédiatement frappé par le regard scrutateur qui interrogeait l'âme de ses interlocuteurs et en déstabilisait plus d'un. Le journaliste savait en jouer avec talent.

Le visiteur, satisfait de son examen, saisit une chaise et dit en s'asseyant:

-Vous êtes bien le directeur du '*Vengeur*'?

-Lui-même. A qui ai-je l'honneur?

L'homme posa le dossier devant lui sur la table.

-Je préfère, pour l'instant, rester dans l'anonymat, si vous n'y voyez pas d'inconvénient. J'ai quelques bonnes raisons pour agir de la sorte, et vous comprendrez pourquoi quand vous connaîtrez le but de ma visite.

Habitué, de par sa profession, à ce genre d'entrée en matière, Philippe répondit:

-Comme il vous plaira. Je vous écoute.

Le visiteur se cala sur sa chaise et interrogea le journaliste du regard:

-Je suppose que vous connaissez Armand Villars, le banquier?

-Pas personnellement. Mais, bien sûr, je sais de qui il s'agit: un personnage très secret, difficile à percer à jour.

-C'est parfaitement vrai. Mais je suis en mesure de vous donner des renseignements précieux sur ses activités professionnelles.

Une lueur d'intérêt brilla dans les yeux de Philippe Cabrissade. Il se pencha en avant en s'appuyant sur la table:

-Ah! Ah! Et quels renseignements?

-J'ai lu, il y a quelques semaines, une série d'articles de votre confrère Chabert dans '*Valeurs Républicaines*' sur ce qu'on appelle le scandale du Panama. Des articles ma foi fort intéressants.

Philippe précisa:

-Chabert n'est pas seulement un confrère. C'est un ami intime, et en quelque sorte mon maître à penser.

-Alors je tombe bien en m'adressant à vous, car je puis vous affirmer que Villars est impliqué dans ce scandale.

Philippe parut encore plus intéressé par l'assurance de son interlocuteur:

-Etes-vous absolument sûr de ce que vous avancez? Jusqu'à présent son nom n'a jamais été prononcé.

Le visiteur posa la main sur le dossier en souriant:

-Il y a ici de quoi le faire sauter.

Philippe émit un léger sifflement et se frotta le menton. Il était songeur. C' était bien beau, mais n'était-ce pas un piège? Il hésitait car il n'en discernait ni le mécanisme ni le mobile. Peut-être avait-il affaire à un de ces affabulateurs qui vous promettent des révélations spectaculaires mais dont les dossiers ne contiennent que des hypothèses plus ou moins folles, sans véritables preuves. Cependant son instinct de chasseur crut deviner la sincérité de l'homme.

Ce dernier reprit:

-Monsieur Cabrissade, je vais essayer d'être aussi clair que possible dans une affaire qui peut paraître fort complexe aux yeux d'un non-initié. Je vous le confirme, j'ai ici de quoi faire sauter Villars. Ce sera à vous de vous servir de ces informations pour en faire bon usage.

-Un instant, interrompit Philippe . Pourquoi vous adresser au *Vengeur* qui n'a qu'un tirage limité, et non à Chabert qui a fait une enquête approfondie sur cette affaire?

Vos informations auraient plus de retentissement.

L'homme fixa Philippe en plissant les yeux, un sourire rusé sur les lèvres:

-Je ne doute pas de la sincérité de Monsieur Chabert, mais il travaille pour le compte d'un journal... et ce journal pourrait se trouver contraint, par une puissante intervention extérieure, à s'autocensurer. Villars a le bras long. Tandis que vous...

-Moi?

-Vous êtes maître chez vous. Je suis persuadé que rien ne vous arrêtera.

-Vous surestimez mes pouvoirs. J'en suis fort flatté, mais...

-J'ai suivi toutes les campagnes du '*Vengeur*' depuis qu'il existe. Vous ne donnez pas l'impression d'être facile à intimider. Votre journal avec son tirage limité a néanmoins beaucoup plus de retentissement que vous le supposez.

-Je suis heureux de l'apprendre.

-Je dis ce que je sais. J'ai longuement réfléchi avant de vous confier ces documents. J'ai pesé le pour et le contre. Disons que le pour l'a largement emporté.

Philippe eut un instant d'hésitation, puis il prit sa décision:

-Soit, j'accepte si le jeu en vaut la chandelle!

Un large sourire de satisfaction éclaira le visage de l'homme:

-A la bonne heure! Vous ne serez pas déçu... J'ai fréquenté Armand Villars presque quotidiennement pendant des années. Il devrait être intéressant pour vous d'évaluer sa puissance réelle, qui n'est connue que de quelques initiés... et encore!

- Initiés dont vous êtes, je suppose?

—Dont je suis, effectivement! J'ai suivi le bonhomme depuis qu'ayant épousé la fortune de la famille Grandpré, il s'en est servi pour fonder sa propre banque, la Parisienne de Crédit, première pierre de l'édifice financier qu'il a échafaudé. C'est un personnage très intéressant. Il a l'esprit d'entreprise, ouvert à toutes les innovations. Il a une sûreté de jugement et une rapidité de décision tout à fait remarquables. Il a l'esprit de synthèse qui lui permet d'évaluer d'un seul coup d'oeil tous les paramètres d'une affaire qui peut l'intéresser. Il a réussi à créer autour de lui un réseau d'influences s'étendant à tous les cercles détenteurs du pouvoir, restant toujours très proche des milieux politiques qu'il pratique sans discrimination idéologique aucune.

Il faut de l'argent au départ pour élaborer un tel réseau, mais on est vite payé en retour, et au centuple! Il a su saisir la chance de démarrer avec, à sa disposition, la fortune des Grandpré qui n'était pas négligeable même si, avec le temps, elle avait perdu de sa superbe.

Le premier coup qu'il a réussi a été de racheter à vil prix à son créateur le brevet électrique d'un dénommé Weissman. La façon dont il se l'est approprié est tout à fait révélatrice des méthodes du personnage. Weissman avait, après de longues recherches, mis au point un procédé permettant de prolonger significativement la durée de vie des ampoules électriques. Mais il s'était fort endetté pour réaliser son invention. Je ne me rappelle pas très bien les détails de l'affaire, toujours est-il que sa vie était menacée et qu'il s'était retrouvé en prison. Villars a eu vent de l'histoire. Contre la cession du brevet en sa faveur, il a usé de son influence pour faire libérer Weissman. Il lui a donné une petite somme d'argent pour lui permettre de fuir à l'étranger. Et il a ainsi apporté le brevet dans la corbeille de la Compagnie Générale d'Electricité dont il est devenu un actionnaire important. Puis il est entré dans le conseil d'administration de la Société de Transmission de la Force par l'Electricité qui produit et commercialise le courant électrique. En 79, il a participé à la curée qui accompagna la fusion de la Compagnie du Télégraphe avec la Société des Câbles Sous-marins. Il s'était aussi associé à Kohn-Reinach pour financer la Compagnie des Téléphones qui exploite les brevets d'Edison-Gray. Tout ceci montre qu' il a toujours participé à l'exploitation des techniques de progrès.

Mais encore plus intéressantes sont les méthodes qu'il utilise pour étendre son emprise sur l'ensemble des secteurs de l'économie, et pour en tirer des bénéfices énormes. Villars est un roi de la spéculation. Il a souvent recours à un procédé proche du report en Bourse, en faisant circuler à grande vitesse un capital qu'il ne possède même pas. Ce genre de spéculation est risqué quand on n'a pas les liquidités suffisantes pour pallier les perturbations du marché qui forcent le spéculateur à payer très rapidement. Mais Villars se permet de telles manipulations parce qu'il a les reins très solides et qu'il a toujours de quoi protéger ses arrières. Ce qui n'est pas le cas des petits boursicoteurs.

Une autre technique dont il est friand consiste à créer des sociétés et à s'en retirer dès qu'il a pris ses bénéfices. Ou encore à fusionner des sociétés en difficulté, récupérant ainsi de fortes sommes d'argent. Par son entregent, il sait réaliser à temps ses bénéfices quand les actions d'une société dans laquelle il a des intérêts menacent de chuter. On ne compte plus le nombre de pigeons qui lui ont acheté du vent.

Voici quelques-unes des méthodes qui lui ont permis de bâtir un empire financier dont l'étendue et la puissance sont toujours restées mystérieuses, car le nom de Villars lui-même n'y apparaît que rarement. Ce dossier vous permettra de vous en faire une idée incomplète certes mais suffisante.Tout le monde connaît le Villars banquier propriétaire de la Banque Parisienne de Crédit, et patron de presse propriétaire du journal *'Les Echos'*. Cela suffit, en général, à contenter les curieux susceptibles de s'intéresser à l'origine de sa fortune. Mais, par l'intermédiaire de prête-noms dont la fidélité et la discrétion sans faille sont assurées par la méthode de la carotte et du bâton (le bâton, ce sont les dossiers que l'homme a constitués, entre autres, sur ses collaborateurs!), il est aussi :

-propriétaire d'un autre établissement financier, le Comptoir pour l'Industrie, dont le directeur est le dénommé Fribourg, ainsi que propriétaire de l'Entreprise des Travaux Publics de la Seine.

-administrateur de nombreuses sociétés: la Société la Dynamite qui exploite le brevet d'Alfred Nobel si utile au percement du Canal de Panama, les Aciéries du Creusot, la Compagnie des Chemins de Fer du Sud. Il possède des intérêts dans nombre de sociétés qui oeuvrent dans le milieu industriel, que je cite dans le dossier, preuves à l'appui. Comme tout financier scrupuleux il tient un compte exact de toutes les opérations auxquelles il participe directement ou indirectement. Chaque tractation, chaque conversation est soigneusement notée pour constituer des dossiers.

Philippe écoutait attentivement mais éprouvait un certain sentiment de déception. Tout ce qu'il avait entendu était certes intéressant, mais il n'y voyait rien qui lui permette de faire campagne contre le banquier et, surtout, de l'impliquer dans le scandale de Panama. Même si le personnage était sulfureux, cela ne suffirait pas. Il lui fallait du concret. Il fit part de son scepticisme à son interlocuteur qui fit un geste signifiant: un peu de patience, j'y viens:

-Ce préambule était destiné à vous faire bien comprendre à quel genre de personnage retors nous avons affaire. C'est un homme puissant et dangereux. Il est, à la fois, banquier, promoteur, entrepreneur et patron de presse. Il peut donc peser sur tous les rouages de l'économie d'entreprise, et de surcroît sur le politique. A ce dernier titre, vous trouverez dans le dossier des informations sur deux de ses sociétés dont les statuts sont fort intéressants:

La première est l'A.D.I. pour Association pour le Développement Industriel destinée, comme il est dit, "à étudier les marchés, conseiller les industriels, assurer aux dossiers une circulation rapide et favorable dans les administrations, intervenir auprès des pouvoirs publics...". Tout un programme! Cela signifie simplement que tout promoteur ou entrepreneur qui s'intéresse à un marché important doit passer obligatoirement, s'il veut avoir une chance d'aboutir, par l'A.D.I. qui, sous couvert d'études de marché grassement rétribuées, lui assure l'appui des administrations, et cela plus particulièrement dans le domaine du percement du Canal de Panama.

La deuxième société intéressante est la Société Nouvelle d'Edition et de Diffusion. Derrière cette appellation sibylline se cache tout simplement une officine de financement des partis politiques. C'est le complément indispensable à l'A.D.I. La politique étant sur un terrain on ne peut plus mouvant, et le pouvoir susceptible de changer de mains rapidement, Villars, par l'intermédiaire de cette société 'arrose' indifféremment l'ensemble des partis, sans distinction d'idéologie. On ne sait jamais n'est-ce pas!

Philippe était bien obligé de constater qu'il n'avait toujours pas de quoi attaquer le banquier frontalement et il manifesta une certaine impatience:

-Ce que vous me racontez fournirait matière à une excellente étude de moeurs, mais rien de plus. Ce qu'il me faut, c'est la preuve irréfutable qu'en plus de tout cela il s'est livré à la corruption.

Le visiteur eut un sourire triomphant en sortant quelques feuillets du dossier:

-Tenez! si ça ne suffit pas!...

Il jeta sur la table une dizaine de talons de chèques que le journaliste se mit à examiner attentivement tout en se parlant à lui-même:

-Des talons provenant du Comptoir pour l'Industrie. Certains portent des initiales, d'autres des noms... Hm!... très intéressant. Enfin voici du concret. Un chèque de 5.000 F au nom de Villaret... c'est le député du Vaucluse. Un autre pour Roubier, député du Loiret...Celui-ci porte les initiales J.C. Ce doit être Jules Crémieux le député de l'Aisne.

Il continua d'égrener les noms ou les initiales d'une dizaine de députés corrompus, puis leva la tête et sourit largement:

-Reste à démontrer que le nom de Villars peut être rattaché au Comptoir pour l'Industrie.

-Vous trouverez les preuves dans le dossier que cet organisme est une filiale déguisée de la Parisienne de Crédit. On sait dans les milieux de la haute finance que son directeur,

Fribourg, fait bien partie du groupe Villars.

Philippe, satisfait, saisit le dossier et s'exclama:

-Eh bien! c'est parfait! Je vais me plonger là-dedans. Je vais concocter un petit article de mon cru qui paraîtra dès demain. Villars n'a qu'à bien se tenir!

Il s'adossa confortablement à sa chaise et, fixant son vis-à-vis d'un regard aigu, il ajouta:

-Maintenant vous pourriez peut-être me dire qui vous êtes, comment vous avez réussi à constituer ce dossier, et enfin pour quelle raison vous en voulez tant à Villars?

Le visiteur hésita un moment, puis, comprenant qu'il pouvait se confier sans danger au journaliste, il se décida:

-Mon père Alphonse Hervieux s'est suicidé en se jetant sous un train. L'affaire n'a fait que quelques lignes dans les journaux, sans que son nom soit cité. Vous avez là le motif de ma démarche. Mon père, malgré mes mises en garde, avait placé toutes ses économies dans les emprunts de la Compagnie de Panama. A mon insu, il était passé par les guichets de la Parisienne de Crédit où il avait son compte. C'était un client très fidèle. En dépit de cela, la banque ne l'a jamais prévenu qu'il fragilisait son portefeuille en achetant les obligations d'une entreprise qui courait à la faillite. Au contraire. Il a été ruiné et n'a pu supporter le déshonneur de ne pouvoir faire face à ses créanciers. Mon père était un homme honnête Monsieur! Il a préféré mourir plutôt que d'avoir des dettes. Vous savez maintenant pourquoi je veux la peau de Villars.

-Je vous comprends parfaitement, répondit Philippe. Comment les éléments de ce dossier sont-ils tombés entre vos mains?

-Ils n'y sont pas tombés. Je les ai pris là où ils étaient!...

Je m'explique: depuis plusieurs années, j'étais le comptable principal chargé de la trésorerie du Comptoir pour l'Industrie. J'avais l'entière confiance de Fribourg et, en particulier, je savais où trouver les documents compromettants. Villars faisait entreposer les dossiers chauds de sa banque dans les locaux de la filiale. Naturellement seul Fribourg pouvait y accéder... en théorie. Quand mon père s'est suicidé, personne n'a fait le rapprochement avec moi. J'ai donc réussi à constituer le dossier que vous avez entre les mains d'après les documents que j'ai pu consulter en secret. Cela m'a pris plusieurs mois pour ne pas éveiller les soupçons. Il y a environ une semaine j'ai donné ma démission et j'ai pu, au dernier moment, subtiliser quelques talons de chèques. Il y en a davantage, mais ceux que vous avez en main suffisent pour établir la preuve de la concussion. Je vous fournis en plus la liste complète de ceux qui ont touché du Comptoir pour l'Industrie.

Philippe eut brusquement l'air soucieux. Il connaissait les méthodes parfois brutales de ceux auxquels il s'était lui-même attaqué dans le passé et fit part de ses craintes à Hervieux:

   -Je dois vous recommander la plus extrême prudence tant que durera cette affaire. Vous serez immédiatement soupçonné d'être à l'origine des fuites. Alors disparaissez pendant quelque temps et ne faites savoir à personne où vous vous trouvez.

   -Vous croyez que...

   -Villars tentera de récupérer les talons de chèques par tous les moyens, et il se vengera sur celui qui les a subtilisés.

Je les mettrai en lieu sûr, là où il lui sera impossible de les reprendre. Poussé dans ses derniers retranchements il aura d'abord recours à l'intimidation puis, en cas d'échec, à l'élimination pure et simple. Vous l'avez dit vous-même, c'est un homme dangereux qui se croit sûrement au-dessus des lois. Alors, tant qu'il n'est pas mis en prison, cachez-vous.

Hervieux protesta:

-Mais vous! Vous serez aussi exposé que moi!

-Villars hésitera à s'attaquer de front à un journaliste. Cela ferait trop de bruit. Il essaiera probablement de m'acheter. Mais alors là!...

CHAPITRE 2

Le 6 septembre, Edouard Drumont commença la publication dans *'La Libre Parole'*, d'une série d'articles à scandale intitulés "Les Dessous du Panama". Dans le premier de ceux-ci il s'en prenait aux conseillers financiers de la Compagnie du Canal Interocéanique, liant Lévy Crémieux, le baron de Reinach et Cornélius Herz à la coterie juive qui, selon lui, s'était emparée des rênes de la République. Puis, il s'était attaqué aux entrepreneurs et aux financiers qui avaient oeuvré au détriment des porteurs de bourse, et enfin aux parlementaires corrompus, en s'inspirant largement de l'enquête de Chabert.

Une animation inaccoutumée régnait ce jour-là dans la salle et l'arrière-salle du Procope. En plus des habitués de l'établissement, on pouvait y compter une clientèle nombreuse et agitée. Tout ce monde parlait haut et fort. Les rires et les exclamations couvraient, de temps à autre, le bourdonnement des conversations. On commentait de diverses manières l'esclandre de Drumont.

Chabert était assis à sa table habituelle. A côté de lui l'avaient rejoint Brissac, qui travaillait pour le *'Figaro'*, et Chamfort, un journaliste de province. Sur la table étaient étalés les exemplaires de *'La libre Parole'*. A l'expression des trois hommes, il était facile de comprendre qu'ils n'étaient pas en accord avec le ton des articles. A ce moment, Philippe Cabrissade entra dans la salle. Chabert le vit, et lui faisant signe de la main, l'interpella:

-Philippe, par ici! Viens t'asseoir avec nous.

Le jeune journaliste fit un signe de la main et vint se joindre à ses confrères. Chabert visiblement content de voir son ami lui dit:

-Tu connais Brissac. Je te présente Chamfort qui collabore à *'La République du Centre'* - Il montra les journaux -Je suppose que tu as lu? Qu'est-ce que t'en penses?

-J'ai lu. Le ton grossièrement antisémite est inacceptable. Mais ça ne m'étonne guère de la part de cet ancien indicateur de police. Par contre je ne connais pas le dénommé Micros qui signe les articles.

-C'est Ferdinand Martin, précisa Chabert. Un ancien agent de la Compagnie de Panama. Il est évident que s'il crache dans la soupe, c'est pour se refaire une virginité.

-Pour ne pas prendre un bouillon! s'exclama Brissac en riant à sa propre plaisanterie. Il s'est fortement inspiré de ton enquête qui n'a hélas pas eu le même retentissement auprès du public. Il prétend posséder la liste des députés payés pour voter la loi sur l'emprunt à lots.

-La liste, répliqua Chabert d'un air bougon. Quelle liste? Tu sais aussi bien que moi que certains membres du gouvernement, et ce ne sont pas les seuls, avaient connaissance de plusieurs listes qui circulaient sous le manteau. A commencer par Constans, l'ex-Président du Conseil, qui a transmis la sienne à Loubet, son successeur à Matignon! Ce qui a poussé ce dernier à ralentir le cours de la justice pour éviter les vagues.

Philippe ajouta, en fin connaisseur de la politique:

-Loubet, en bon radical qu'il est, craint de voir la droite monarchique et l'extrême gauche socialiste profiter de fautes que ses propres troupes jugent en somme vénielles. Mais il peut aussi avoir des raisons personnelles d'agir ainsi.

-C'est très possible, dit Chabert. Il pourrait bien se trouver sur une de ces listes. Par exemple sur celle que lui a donnée Contans bien trop content de mettre son successeur dans l'embarras! Il y a sur le bureau du juge Prinet, chargé de l'enquête, entre 500 et 600 dossiers de personnes impliquées dans cette affaire. Je le tiens du juge lui-même. Il y a une majorité de fonctionnaires plus ou moins haut placés. Drumont prétend que 104 députés ont été achetés. Moi, je pense que ce chiffre est insuffisant pour obtenir à coup sûr la majorité sur plus de 500 députés votants. Il faut certainement le revoir à la hausse.

-Quoi qu'il en soit, dit Philippe, je ne puis m'empêcher d'éprouver un malaise devant l'interprétation des faits telle qu'elle apparaît dans la campagne de '*La Libre Parole*'. Je le répète, elle a des relents d'antisémitisme.

Chabert approuva vivement de la tête. Son habituel sourire ironique avait fait place à une expression agressive et c'est à haute voix, de manière à être entendu du voisinage, qu'il s'écria:

-Ça sent même le complot antisémite à plein nez! Pour tout dire, je trouve que notre République commence à puer. Nos représentants sont corrompus. C'est le règne de l'affairisme. Les scandales se multiplient, les pots-de-vin sont monnaie courante. On trafique sur tout, y compris sur les décorations. Tout cela sur un fond de racisme qui gagne toutes les couches de la société.

L'éclat du polémiste avait attiré un petit cercle de curieux dont l'un dit sentencieusement:

-Oh! Oh! voilà l'ami Chabert qui monte sur ses grands chevaux et se rue au secours de la veuve et de l'orphelin!

Le journaliste faisait allusion à des faits qui témoignaient de la dégradation des moeurs politiques et à la propagation du sentiment antisémite qui se développaient depuis l'avènement de la Troisième République. Quelques années plus tôt l' éditeur Albert Savine avait créé la "Bibliothèque Antisémite" où, pour la première fois, apparaissait le nom de Drumont le collaborateur à la '*Libre Parole*'. Puis, en 1889 avait été fondée la Ligue Nationale Antisémitique au sein de laquelle se côtoyaient des hommes de toutes opinions, royalistes, bonapartistes et partisans de l'extrême gauche socialiste. La presse catholique était particulièrement venimeuse et le journal '*La Croix*' revendiquait le titre de publication la plus antisémite de France. On associait volontiers racisme et xénophobie en accusant les juifs d'être des espions à la solde de l'Empereur de Prusse. Drumont, dans ses excès, avait même attaqué le Préfet du Nord dont le seul péché était de se nommer Vel-Durand, que le pamphlétaire avait tout simplement transformé en Weil-Durand!

Brissac se fit timidement l'avocat du diable:

-Il faut tout de même constater que la plupart des financiers impliqués dans le scandale sont à la fois d'origine juive et allemande. Cela explique peut-être l'animosité de Drumont.

-Mais ça ne la justifie pas. L'animosité de Drumont est celle du raté envers celui qui a réussi. Rien de plus médiocre! répliqua Chabert avec une moue dédaigneuse. Les juifs sont particulièrement bien implantés dans les milieux de la haute finance car ils sont incontestablement intelligents et , de plus, doués pour le commerce . Enfin, ce sont de grands amis des arts et des lettres.

-Tout de même, comment expliquer cette mainmise sur le système bancaire? insista Brissac . On a vraiment l'impression qu'il s'agit d'un clan.

-C'est exact. Mais la haute finance a de tout temps été entre les mains de clans: successivement les Levantins, puis les Florentins, puis les protestants de Genève à leur tour supplantés par les juifs. Drumont fait des amalgames dangereux. Je crains qu'un jour cet antisémitisme primaire débouche sur des affaires autrement plus dangereuses pour nos institutions.

Philippe se pencha vers son ami et, posant la main sur son bras, ajouta sur le ton de la confidence:

-Il n'y a pas que des juifs qui soient mêlés à cette affaire.

-Bien sûr! - interrompit Brissac - il y a aussi dans l'entourage de Lesseps les administrateurs de la Compagnie, les promoteurs et les entrepreneurs...

-Je ne parle pas d'eux, - fit le jeune journaliste -il y a d'autres corrupteurs que l'on pourrait qualifier d'aryens!

-Mais qui donc? demanda Brissac.

-Ceux qui ont su se terrer dans l'ombre. Les manipulateurs qui ont tiré les ficelles de ces marionnettes, tout en échappant à la curiosité de la presse et à la vigilance de la police.

-Vigilance bien timide à certains égards, à mon avis, dit Chabert . Allons mon vieux, tu en dis trop ou pas assez. Qui vises-tu?

-Un certain Villars prénommé Armand, par exemple.

-Non! s'exclama Chabert surpris et intéressé. Il y a longtemps que je le tiens dans mon collimateur celui-là. Mais je n'ai jamais rien trouvé de solide contre lui. Tu as mis la main sur quelque chose?

Philippe, ravi de l'effet produit par ses paroles, plissa les yeux de plaisir, un petit sourire triomphant sur les lèvres:

-Des preuves! Lis *'Le Vengeur'* de demain. Tu verras!

-Tu es absolument sûr de ces preuves?

-Elles sont irréfutables! Une nouvelle liste avec talons de chèques à l'appui!

Chabert visiblement comblé par cette nouvelle se frottait les mains:

-Formidable! Mais, dis-moi, comment as-tu fait?

-La visite fort opportune d'un homme qui m'a remis des documents tout à fait confidentiels. Passe donc à mon bureau. Je te les montrerai. D'ailleurs tu m'indiqueras où je puis les mettre à l'abri des sbires de Villars.

Chamfort, muet jusque-là, demanda:

-Ce Villars dont vous parlez, ne serait-ce pas le banquier?

-C'est effectivement de lui qu'il s'agit.

Un des curieux, qui s'était approché de la table du polémiste, dit à voix basse:

-Certains prétendent que Villars, c'est le diable lui-même!

-Oh! on dit beaucoup de choses, répondit Chabert.

-On ne prête qu'aux riches, c'est bien connu, ajouta Brissac. Disons que c'est l'incarnation de Nucingen.

-Un Nucingen mâtiné de Rastignac, dit Philippe.

-Sauf que lui, rétorqua Chabert, n'est pas assez bête

pour s'enticher d'une pétroleuse.

-Ça ne l'empêche tout de même pas d'entretenir à grands frais une demi-mondaine.

-Peut-être, mais Villars ne fait rien pour rien. Qui sait ce qu'il a derrière la tête? Je suis absolument sûr qu'il est totalement dénué de sentiments.

Et Chabert, sans se départir du ton impertinent qui lui était comme une seconde nature, se fit un devoir de dresser un portrait de l'homme en question pour le profit de son confrère de province.

-Villars est l'héritier, par le lit si j'ose dire, du sieur Maurepas. Ce dernier, après avoir engrossé la Comtesse de Grandpré, s'aperçut fort opportunément que la fortune de la noble famille était au-dessous de ses espérances. Maurepas, étant du genre 'qui n'épouse pas', laissa tomber la Comtesse et son futur rejeton, pour sauter dans le lit toujours froid de Mlle de Vandreuil.

-Il faut préciser, pour que notre ami ne perde pas le sel de ces histoires d'alcôve , remarqua Brissac d'un air fielleux, que si le lit de cette Vandreuil était toujours froid, c'est que son physique ne se prête guère au batifolage. C'est le genre de femme qui est laide au premier abord, et qui le reste ensuite!

-Elle a tout de même eu un enfant, fit l'un des curieux qui se pressaient autour de la table de Chabert.

Brissac répliqua :

-Certes, mais les mauvaises langues prétendent qu'elle l'a fait toute seule!

-Quelle élégante façon de dire qu'elle est franchement disgracieuse! reprit le polémiste . Mais Maurepas n'est pas du genre à se laisser rebuter pourvu que les compensations soient à la hauteur des sacrifices consentis! Il y a des arrangements avec Cupidon. Et comme Mlle de Vaudreuil a des vertus bancaires évidentes! Mais revenons-en à notre cher Villars. A l'époque dont nous parlons, ce n'était qu'un simple employé dans la banque qu'il allait racheter plus tard. Jeune, ambitieux et intelligent, il a profité de la situation créée par l'indélicatesse de Maurepas. En preux chevalier, défenseur des vertus chrétiennes, il épousa la ci-devant comtesse compromise et abandonnée, reconnut le bâtard orphelin de père, sauvant du déshonneur l'illustre famille dont il s'attira l'éternelle reconnaissance. On dirait vraiment du mauvais feuilleton! Si Maurepas n'est qu'un gigolo qui vit aux dépens de ses maîtresses, Villars, lui, est beaucoup plus malin. Il a immédiatement vu tout le profit qu'il pouvait tirer de la situation. Il prit en main les intérêts de sa belle-famille, qui devinrent très rapidement les siens propres. Il fit fructifier la fortune avec une habileté que je qualifierai de quasiment diabolique. Il toucha plus que les dividendes de son savoir-faire, et bâtit un véritable empire financier. En somme, il s'est servi de la comtesse comme marchepied!

-N'a-t-il pas un peu trempé dans le scandale des décorations?

-Non, il est trop intelligent. Les honneurs ne lui font ni chaud ni froid. Il ne les recherche pas. Pour lui, la panoplie de l'homme parvenu ne nécessite pas d'être parfaite par une décoration. Il se contente d'une vie mondaine. Par contre il ne dédaigne pas d'en procurer à ceux qui peuvent lui rendre service, car il ne lui est pas très difficile, pour obtenir ce qu'il veut, de flatter la vanité de ses obligés, en leur procurant le ruban qui manque à leur boutonnière.

L'un des curieux s'adressa au polémiste:

-J'ai aperçu ce Villars à plusieurs reprises dans des réceptions. Il ne ressemble pas au portrait que vous faites de lui. Il a l'air d'un parfait gentleman.

-Oui - admit Chabert - un parfait gentleman arriviste! Il a le charme du requin.

-Quels sont ses rapports avec le Baron de Reinach? s'enquit un autre.

-Souvent complices, parfois concurrents.

-Sa banque est loin d'atteindre en importance celle de l'établissement international du Baron, objecta le second curieux.

-La banque peut-être, mais elle ne représente que la partie émergée de l'iceberg Villars, répliqua Chabert. Pour qui connaît bien le milieu de la haute finance, il est notoire que le bonhomme étend son pouvoir sur de nombreux secteurs clefs de l'économie. Il possède '*Les Echos*' par lequel il peut peser sur l'opinion publique à son profit. Villars est une pieuvre qui pousse ses tentacules si largement que, même pour les services des finances les plus pointus, il est difficile d'en évaluer l'étendue exacte. Je suis payé pour le savoir, depuis que j'essaye en vain de le démasquer.

Philippe se pencha à l'oreille de son ami et murmura:

-Les documents que je possède sont intéressants sur ce point.

-Tu me fais venir l'eau à la bouche, susurra Chabert qui continua de façon plus audible. Ce Villars est l'un des promoteurs les plus éminents de la république des dossiers. Le genre de personnage à qui il est difficile de refuser un service. C'est un fait que l'homme est très, très riche. Suffisamment pour offrir un hôtel particulier somptueux à sa maîtresse sans même écorner sa fortune m'a-t-on dit.

-Vous voulez dire à Catherine d'Aubigny? demanda l'un des quidams.

-Catherine d'Aubigny? On dit qu'elle a la cuisse légère, suggéra un autre.

-Légère, mais paraît-il fort bien faite, assura un troisième.

-Ah! vous avez eu l'occasion de vérifier? demanda le second.

-J'ai eu ce bref honneur , répliqua le troisième, faussement modeste . Mlle d'Aubigny pratique des tarifs très élevés pour des prestations aussi légères que sa cuisse.

-Pratiquait, rectifia Chabert. Mettez cela au passé. Villars s'en est assuré l'exclusivité. Avoir pour maîtresse une des demi-mondaines les plus en vue de Paris, c'est pour lui une question d'amour- propre.

Philippe s'étonnait :

-Je comprends mal. Voilà un homme si secret sur la façon dont il gagne son argent que même mon ami Chabert s'y casse les dents, et qui s'affiche en public avec une demoiselle de petite vertu, la couvre de bijoux et lui offre un hôtel particulier! J'aurais gagé qu'un tel homme se serait soustrait à la curiosité générale et contenté d'une vie privée discrète!

-Mon cher ami - expliqua Brissac d'un air doctoral - vous êtes encore jeune et un rien naïf. Les hommes puissants, y compris ceux de l'ombre pourrait-on dire, sont des êtres vaniteux, ce qui les amène parfois à commettre des imprudences et afficher une fortune dont personne, sauf eux-mêmes, ne connaît l'étendue et les véritables sources. Parce qu'ils sont puissants, ils s'imaginent pouvoir tout se permettre.

-Mais enfin! Aller jusqu'à payer un hôtel particulier dont tout le monde sait qu'il a coûté une fortune, à une maîtresse qui ne lui sert, en définitive, que de faire-valoir!

Chabert prit le jeune homme affectueusement par les épaules et le secoua amicalement:

-Ce pauvre Philippe raisonne comme un provincial! (Excusez-moi mon cher Chamfort, mais ce mot n'a aucune connotation péjorative de ma part!)... Philippe, mon ami, tu n'appartiens pas au même milieu, Dieu merci! tu devrais savoir qu'il est de bon ton dans le joli monde de la capitale d'étaler sa fortune et ses bonnes fortunes. D'ailleurs, cette Catherine d'Aubigny n'a jamais fait dans la discrétion depuis qu'elle est arrivée à Paris. Cette demi-mondaine est apparue sur la scène il y a environ deux ans. Elle a commencé en vendant ses charmes de préférence aux hommes politiques.

-Mais d'où vient-elle? demanda l'un des curieux.

-Ah! ça personne, hormis Villars, ne le sait.

-Pourquoi Villars?

-Parce que c'est lui qui l'a fait venir à Paris de sa province. C'est aussi lui qui l'a fait engager au Théâtre du Vaudeville...

-Tout en l'introduisant dans le monde politique par l'intermédiaire de son lit, ajouta Brissac.

-C'est tout à fait dans la manière de notre banquier, reprit Chabert. Cela lui permet d'étoffer ses dossiers avec des détails croustillants! C'est une des méthodes qu'utilisait Arton, dont j'ai parlé dans mes articles et qui a trempé dans le scandale du Panama.

-Cherchez la femme, dit Philippe pensivement.

-Quoi qu'on en dise, la d'Aubigny a trouvé à qui parler avec la petite Fleury , dit l'un des curieux . Ses altercations publiques avec la demi-mondaine sont assez cocasses!

Devant le regard interrogateur de Chamfort, Chabert crut bon d'éclairer son ami provincial sur les péripéties de la vie mondaine parisienne.

"Ce qui se fait actuellement de mieux dans la société parisienne, et je suis sérieux en le disant, a actuellement l'esprit focalisé sur un de ces épiphénomènes un peu futiles qui, à l'occasion, occupent l'avant - scène des préoccupations de nos illustres concitoyens. Il y aura bientôt les pro et les anti-Panama. Mais il y a déjà les pro-d'Aubigny et les pro-Fleury, avec leurs corollaires anti-. Quand on est pro-d'Aubigny, on est nécessairement anti-Fleury et inversement. Je suis surpris qu'un événement de cette importance ne soit pas encore parvenu aux oreilles de nos estimés confrères des journaux de province!

-Pardonnez notre ignorance, lança Chamfort jouant à l'offusqué.

-Je ne sais si je dois! Sachez mon cher que Paris, enfin tout ce qui compte dans la capitale, est partagé en deux clans irréductibles depuis que ces demoiselles sont apparues sur les scènes parisiennes, et que depuis lors elles n'ont cessé de s'apostropher en public. Personne ne connaît l'origine de cette rivalité qui se manifeste si bruyamment, mais il faut bien l'admettre, elle fait les beaux soirs du milieu du spectacle, d'autant plus que ces deux jeunes et jolies femmes ont beaucoup d'esprit.

-Hortense Fleury a beaucoup de talent et une très jolie voix , assura Philippe avec beaucoup de conviction . Elle vaut beaucoup mieux que se produire aux Divertissement Comiques.

-Oh! oh! - dit Chabert gentiment moqueur - Notre ami Philippe fait partie du clan Fleury!

-Non, pourquoi? répondit le jeune journaliste d'un air faussement innocent.

-Il me semblait avoir remarqué que ton journal a consacré plusieurs articles fort flatteurs à cette chanteuse, dans sa rubrique 'spectacles'. Ces articles portaient la signature d'un mystérieux 'Monsieur Strapontin'. Je croyais connaître l'ensemble du personnel de ton journal... une nouvelle recrue?

Philippe rougit et tenta de cacher son embarras. Il prit un ton désinvolte pour répondre à l'amical persiflage de son ami:

-Je te ferai remarquer que *'Le Vengeur'* n'est pas le seul à louer un talent qu'elle a grand. Plusieurs fois Bruant l'a complimentée dans le *'Mirliton'*. Pour ma part, je trouve cette rivalité qui fait la joie du Tout-Paris parfaitement indigne d'elle.

-Elle s'en tire très bien , constata Brissac . Elle met beaucoup de verve dans ses réparties.

-Mademoiselle d'Aubigny aussi , intervint l'un des curieux d'un air pincé . De plus, je trouve que cette petite a du chien!

-Et moi , dit un autre vivement , je suis de l'avis de Monsieur Cabrissade. Hortense Fleury a beaucoup de classe.

-C'est une question de goût, répondit le premier, dédaigneusement.

-Vous préférez les demi-mondaines! Cela ne m'étonne pas, s'emporta le partisan de la chanteuse.

Devant la tournure que prenait la dispute, Chabert intervint d'un air goguenard:

-Allons! allons! Messieurs. Ne nous querellons pas comme des politiciens. Ne soyons pas sectaires - Il fit un clin d'oeil à l'adresse de Chamfort - Qu'est-ce que je vous disais? Ne se croirait-on pas à la Chambre des Députés pendant une interpellation? C'est tout juste si l'affaire Fleury-d'Aubigny a plus d'importance que le scandale de Panama! Cependant, j'avoue, toutes proportions gardées, que cette rivalité a quelque chose de fort amusant, de rafraîchissant même. Elle égaie des soirées qui, sans ces dames, seraient bien maussades. Tenez, l'autre soir à la générale de la nouvelle pièce de Goncourt, toutes deux faisant relâche se retrouvèrent dans la salle. Elles se sont livrées à un échange d'aménités non dépourvues d'humour. Chacune avait, naturellement, ses partisans. Les esprits étaient surchauffés, tellement qu'on en est presque venu aux mains! On a été obligé de retarder la levée du rideau jusqu'à ce que l'assistance se calme. On avait complètement oublié qu'on était venu à une générale. Et ça recommença pendant l'entracte. Personnellement j'estime qu'il y avait égalité, chacune ayant pris à son tour l'avantage.

-Je suis tout à fait d'accord avec toi, dit Brissac. Elles font parler d'elles et sont arrivées à concentrer sur leurs jolies personnes les yeux du Tout-Paris. Quel mal y a-t-il à ça? Au moins est-on sûrs qu'à chaque représentation des Divertissements Comiques ou du Théâtre du Vaudeville il y aura salle pleine. On sait qu'il y aura du spectacle.

-Et les directeurs des deux établissements s'en frottent les mains, conclut Chabert.

*

Le lendemain, *'Le Vengeur'* publiait, sous la plume de Monsieur Platon, un article intitulé: *Poussière et Boue*. On pouvait lire:

"Poussière et boue. Monsieur Armand Villars, propriétaire de la Banque Parisienne de Crédit, du journal 'Les Echos', de l'Entreprise de Travaux Publics de la Seine, administrateur ou actionnaire de nombreuses importantes sociétés, est-il un grossiste en consciences?

La poussière, c'est celle que soulevait, hier encore, sous le soleil des Champs - Elysées, le landau de ce bandit de la haute finance, qui a réduit tant de braves et honnêtes gens à la ruine, au désespoir et au suicide avec, dans le passé, les emprunts Turcs et les bons des Chemins de Fer du Sud, et récemment avec les bons de Panama.

Aujourd'hui la poussière, sous l'effet de l'orage, s'est transformée en une boue fangeuse qui éclabousse les courtisans et complices qui lui faisaient escorte. Mais, marqués par le sceau infâmant du scandale, ministres, parlementaires, hauts fonctionnaires achetés par le vautour Villars, n'échapperont pas au jugement de l'opinion publique qui précède toujours celui de la justice. Qui sont-ils ces marchands du temple de la République? Vous ne tarderez pas à le savoir. 'Le Vengeur' est en mesure de révéler des noms!

CHAPITRE 3

Le surlendemain de la venue d'Hervieux dans le bureau du *Vengeur*, un élégant coupé s'arrêtait devant l'hôtel particulier d'Armand Villars, une grande bâtisse cossue d'allure sévère, située dans le Marais. Une large allée, close par un portail en fer forgé portant les armes de la famille de Grandpré, l'isolait de la rue. Il pleuvait ce jour-là. Un valet de pied sortit de l'hôtel. Il s'était muni d'un large parapluie et se précipita pour ouvrir la portière du coupé. Mais avant qu'il ait pu le faire, une jeune femme élégante en descendit vivement et, abritée par le parapluie que tenait le valet, franchit en courant les quelques mètres qui la séparaient de l'entrée de l'immeuble. Mme Villars, Comtesse de Grandpré, pénétra dans un vaste hall dont la porte, finement décorée de boiseries noires et or, se referma derrière elle.

Le sol de ce hall était pavé de dalles de porphyre de différentes couleurs disposées en motifs géométriques ou floraux. A gauche de l'entrée trônait une chaise à porteurs décorée par Lemoyne et Bérain. Sur le mur de droite, une superbe tapisserie des Gobelins représentant la Diane Chasseresse. Faisant face à la porte d'entrée, un élégant escalier, lui aussi pavé de porphyre et ceinturé par une rampe en fer forgé provenant de l'hôtel aixois de Mme de Grignan, montait en demi-spirale à l'étage supérieur où se trouvaient les appartements des propriétaires. Le mur sous l'escalier était couvert de petits portraits anciens, disposés avec goût. Toutes les pièces de l'hôtel particulier étaient largement garnies de somptueuses boiseries des 17ème et 18ème siècles. Le grand salon de réception s'ouvrant sur la gauche de l'entrée était meublé en Louis XIV authentique. Les panneaux de boiseries murales étaient occupés par des portraits d'ancêtres de la famille de Grandpré.

Faisant face au grand salon, une petite pièce s'ouvrant sur la droite du hall faisait office de salle d'attente. Un homme dans la soixantaine était assis dans un fauteuil. Mme Villars, en proie à une agitation et une anxiété extrêmes, fit quelques pas indécis, puis releva sa voilette d'un geste brusque et ôta fébrilement son chapeau et ses gants qu'elle remit au valet. Elle tenait un journal à la main. Ayant aperçu l'homme qui patientait dans la salle d'attente, elle courut vers lui. Celui-ci se leva, vint à sa rencontre et, s'inclinant respectueusement, baisa la main que la Comtesse lui tendait.

-Ah! Fribourg - s'exclama-t-elle - comme je suis contente de vous voir! Je l'ai cherché partout en vain toute la journée...

-Il est rentré, répondit Fribourg.

-Lui avez-vous parlé?

-Non. Il était déjà monté dans ses appartements quand je suis arrivé. Je me suis fait annoncer.

L'air à la fois inquiet et scandalisé, la Comtesse tendit en frémissant le journal qu'elle tenait à la main.

-Avez-vous lu? interrogea-t-elle.

-Oui! C'est pour cela que je suis ici.

-*'Le Vengeur'*! Qu'est-ce que ce journal?

-Un de ces torchons qui font leurs choux gras des scandales.

-Mais... ce qu'il affirme est-il vrai?

-Bien sûr que non, Madame la Comtesse. Mais, avec tous ces bruits qui courent sur la faillite de la Société du Canal de Panama, tout ce que ce genre de journal publie à son sujet fait mauvais effet sur l'opinion publique. Si tout est étalé au grand jour dans la presse, qui sait ce qui peut se passer. Le scandale peut éclabousser tout le monde!

La Comtesse fut accablée par les propos de Fribourg. Un scandale! Elle était choquée par ce mot. Elle pouvait admettre difficilement les accusations portées contre son mari:

-Alors, c'est vrai? Mais pourquoi un scandale? Que veut dire cela? Ce journal traîne le nom d'Armand dans la boue, comme si c'était un criminel!

Fribourg ne pouvait dissimuler sa gêne:

-Je comprends votre désarroi, Madame la Comtesse. C'est absolument révoltant. Ces gens sont capables des pires insinuations. Leurs calomnies sont sans fondement. Qu'y pouvons-nous si la Compagnie a été mal gérée et qu'elle est acculée à la faillite? Ça n'est tout de même pas de notre faute! Mais il faut mettre un terme au plus tôt à ces rumeurs. Il n'y a plus une minute à perdre, d'autant plus que Bertrand-Dumas menace d'interpeller la Chambre des Députés.

-Une interpellation! C'est donc si grave?

Mme Villars se laissa choir dans un fauteuil. Le monde paraissait s'effondrer autour d'elle. Des larmes lui montèrent aux yeux. Elle avait entendu parler de l'affaire du Panama, et elle savait que son mari était l'un des bailleurs de fonds de la Compagnie. Mais elle ne pouvait le croire coupable des ignominies dont l'accusait *Le Vengeur*. Peut être, pensait-elle, s'était-il laissé entraîner au-delà du raisonnable, malgré son habileté et son talent de financier? Elle avait un sens inné et aigu de l'honneur lié à ses origines aristocratiques et ne supporterait pas que l'on traita d'escroc celui dont elle partageait la vie, et dont l'infortune risquait de rejaillir sur la réputation de sa famille.

-Que faire? demanda-t-elle d'un air las.

Fribourg parut se ressaisir, le ton de sa voix se fit plus ferme:

-Il faut que votre mari intervienne dès ce soir. Son influence est suffisamment grande pour faire taire Bertrand-Dumas. Ça, c'est urgent. Ensuite, il faut faire taire '*Le Vengeur*' et tous ceux qui lui emboîteront le pas. J'insiste sur la nécessité d'agir vite sinon nous risquons de gros ennuis.

-Mais où '*Le Vengeur*' a-t-il puisé ses informations? Il a l'air si sûr de lui."

Fribourg mentit:

-C'est de l'invention pure. Je ne vois pas comment il aurait pu se procurer les documents qu'il prétend détenir. Je vous prie d'intervenir vous-même auprès de votre mari.

-Mais mon pauvre Fribourg, - répondit la Comtesse désabusée - vous nous connaissez mal. Sinon vous sauriez qu'il ne m'écoute guère! Enfin... je vais voir ce que je peux faire.

Elle se leva et monta lentement les marches de l'escalier. Elle s'arrêta un instant sur le palier, tenta d'effacer l'angoisse de ses traits, frappa à la porte de la chambre de son mari et entra.

Armand Villars se tenait debout devant une psyché. Il finissait de s'habiller. Ayant aperçu le reflet de son épouse dans le miroir, il se tourna à demi pour lui faire face. Elle le retrouvait tel qu'il était toujours, servi par un sang-froid reptilien, paraissant invulnérable, ne laissant jamais paraître le plus petit trouble, la moindre émotion. Tout dans sa personne évoquait irrésistiblement le calcul. Elle fut un peu rassurée par l'impression de force implacable et inébranlable qui se dégageait de lui. C'était un homme de grande taille et d'allure imposante. Il avait quarante-cinq ans. Une séduction cruelle s'exprimait dans ses traits fins, dans ses lèvres minces barrant d'une ligne nette le bas de son visage, dans ses tempes déjà grisonnantes, dans son regard pénétrant.

    -Comtesse - dit-il - ne vous sentez pas obligée de frapper avant d'entrer chez votre mari! J'allais encore une fois partir sans vous avoir vue... Une réception.

    Mme Villars s'avança jusqu'au milieu de la pièce et répondit d'une voix douce, pleine d'amers reproches:

    -Mon ami! J'ai passé l'après-midi à vous chercher.

    -Et pourquoi donc? J'étais aux courses. Quirinal s'est fort bien comporté aujourd'hui. Il a remporté le Prix de Versailles. Qu'aviez-vous donc de si important à me dire?

    -J'avais peur, mais vous êtes là. C'est l'essentiel!

    Villars joua la surprise:

    -Peur, Comtesse? Mais de quoi ?

    -De ceci.

    Elle lui tendit le journal. Il la regarda, sans trahir la moindre émotion.

    -Ça? Mais chère Comtesse, vous avez peur des élucubrations d'un journaleux en mal de copie! L'odeur du scandale attire la presse comme la pourriture des cadavres attire les vautours et les chacals." Il avait une moue méprisante sur les lèvres. "Et nous n'avons encore rien vu avec cette affaire du Canal de Panama! Vous ne pensez tout de même pas que je vais me laisser impressionner pour si peu! *A tempest in a pot of tea*, comme diraient nos amis britanniques.

-Mais Bertrand-Dumas...

-Quoi, Bertrand-Dumas?

-Il menace d'une interpellation à la Chambre!

-Ne craignez rien. C'est un petit politicien qui verse dans la démagogie électorale pour se faire mousser. Il veut jouer au redresseur de torts, mais il ne vaut pas mieux que le reste. L'honnêteté est la vertu la moins répandue en politique. On saura le faire taire, comme les autres!

-Mais Fribourg, qui vous attend en bas, insiste sur le danger que représenterait une interpellation.

-Fribourg! - répliqua Villars sèchement - Fribourg a peur de son ombre! Il craint pour sa petite personne. Les menaces de Bertrand-Dumas? Et alors! Je vous ai dit ce que je pense de cet individu.

-Mais ne peut-il pas vous mettre personnellement en cause?

-Moi? Et sous quel prétexte?

-Corruption, dit la Comtesse péniblement comme si le mot lui écorchait la langue.

Il fallait vraiment connaître le banquier pour détecter chez lui le signe imperceptible d'agacement que pouvait lui causer une telle accusation. Il resta un instant muet, puis reprit calmement:

-Bertrand-Dumas sait pertinemment que livrer le nom du corrupteur, c'est livrer celui des corrompus. Et il s'en compte beaucoup parmi ses amis les plus proches. Ceux-ci sauront lui faire comprendre qu'il est prudent de se taire, et de ne pas sacrifier sa carrière politique sur l'autel de la sacro-sainte vérité.

L'acquiescement implicite que contenait cette dernière phrase confirmait les craintes de la Comtesse. Elle vacilla légèrement sur ses jambes et porta une main à son front:

-Mon Dieu! Alors tout ce qu'on dit est donc vrai!

Un sourire goguenard s'inscrivit sur les lèvres de Villars:

-Comment croyez-vous que se font les affaires d'argent? Sans argent? Ma fortune est encore le meilleur moyen de lever tous les obstacles.

La Comtesse protesta:

-Votre fortune! n'est-ce pas un peu la mienne? Ma dot ne vous a-t-elle pas servi pour bâtir votre propre empire? N'ai-je pas un petit droit de regard sur la façon dont vous l'utilisez, surtout quand vous mettez notre réputation en jeu?

-La façon dont je gère mes affaires est un peu trop complexe pour l'esprit d'une femme! Vous me rendrez justice que je n'ai pas fait un si mauvais usage de votre dot. Dois-je vous rappeler que la situation financière de votre famille n'était guère brillante quand je vous ai épousée? Vos ancêtres en avaient gaspillé la plus grande part en dépenses somptuaires. Si je n'avais pas été là, ma chère, vous seriez aujourd'hui dans la misère. Cet hôtel particulier donnait des signes inquiétants de dégradation. Je l'ai rendu à son luxe premier. Votre dot, vous me dites? Mais vous pouvez en disposer dès aujourd'hui comme il vous plaira. Et j'y ajoute même les intérêts qui sont liés à toute opération financière. Les bons comptes font les bons époux!

-Cela veut-il dire que vous me rendez ma liberté? dit la Comtesse, la voix altérée par l'émotion.

-Ah! non Comtesse! répliqua Villars en haussant légèrement le ton. Il est tout à fait malséant dans notre monde qu'une épouse quitte son mari! L'usage veut qu' un mari trompe sa femme alors que l'épouse, elle, cocufie son mari! C'est notre dure condition d'homme! Le cocu est un personnage de farce, et je n'apprécie pas du tout la farce, surtout si j'en suis le dindon! Je voulais simplement dire que vous pouvez disposer dès aujourd'hui du total de votre dot, y compris les intérêts, pour en faire ce que vous voudrez. Pour votre foyer, par exemple. Pour le reste, cela, permettez-moi de vous le dire, ne vous regarde pas!

Mme Villars fut profondément blessée par la brutalité cynique de son mari. Avec une sorte de désespoir, elle répondit:

-Mais Armand, je suis tout de même votre femme!

Villars sourit. Une douceur presque imperceptible perça dans sa voix:

-Le 'tout de même' est de trop, Comtesse. J'ai l'honneur et le bonheur d'être votre mari. Vous êtes ma femme? Justement! Vous devez plaire, sourire, vous efforcer d'être belle et élégante. Ce que vous faites à la perfection, j'en conviens. Les soucis, croyez-moi, vieillissent les femmes prématurément. Laissez-les-moi, et faites-moi la grâce de les dédaigner. Il n'y a d'ailleurs pas lieu de s'inquiéter.

Tout en parlant, il avait fini de s'habiller. Il prit une cravate sur le dos d'une chaise, s'approcha d'elle et la lui tendit:

-Tenez! Je vous en prie. Personne ne sait mieux que vous nouer une cravate!

Elle eut un léger mouvement de révolte puis, se ravisant, prit la cravate et la passa autour du cou de son mari. Tout en faisant le noeud, elle regardait Villars dans les yeux. Elle se rendait compte à quel point l'homme qu'elle aimait paraissait dénué d'humanité. Un être méprisant, impitoyable. Elle se demandait comment, en dépit de tout, elle pouvait continuer à l'aimer passionnément. Cela ressemblait à de l'envoûtement. Ayant terminé sa tâche, elle alla s'asseoir lourdement dans un fauteuil. La tournure cruelle de cette conversation l'épuisait. Elle dit comme un constat, avec un profond soupir:

    -Vous ne m'aimez pas!

Il eut un léger geste vers elle, vite réprimé. Elle continua:

    -Oh! Je sais bien que je ne suis pas la beauté à laquelle vous ambitionniez de vous unir... que vous m'avez épousée pour ma fortune...

Il rectifia:

    -Disons plutôt que nous sommes unis à la fois par les liens de l'amour et de l'intérêt.

    -Comment pouvez-vous me parler d'amour? Votre apparente fougue du début n'a guère duré! Vous êtes vite devenu l'homme d'aujourd'hui, cruel, sans pitié.

    -Ne me faites pas plus noir que je suis, Comtesse. Vous semblez oublier cet enfant que vous portiez, et dont la naissance sans père légitime eût entaché l'honneur de votre famille. Cet enfant que j'ai reconnu et élevé comme si c'était le mien!

    -Vous avez la méchanceté de me le rappeler! Ai-je été une si mauvaise épouse que vous me traitiez ainsi? N'avez-vous aucun égard pour celle qui est restée à vos côtés en toutes circonstances, et sans qui vous n'occuperiez pas la position qui est la vôtre aujourd'hui dans la société?

Il s'approcha d'elle, et lui tendant la main, l'aida à se lever:

    -Ma chère, vous êtes la seule femme qui compte pour moi!

    -Comme j'aimerais vous croire, j'en serais si heureuse.

Alors que tout, chaque jour, me persuade du contraire. Pourquoi ce mépris de tout?

-Ce n'est qu'un masque. Vous savez que j'ai une horreur physique de la sentimentalité. Vous êtes la seule! Rassurez-vous, c'est vous qui partagerez mon déshonneur!

-Vous voyez! Même quand vous voulez être gentil, vous ne pouvez vous empêcher d'être cynique. Je ne supporterai pas le déshonneur, Armand, je vous préviens!"

-Allons, allons! Comtesse, ne dramatisons pas.

Tout en disant cela, il l'avait saisie par le coude et l'avait reconduite fermement à la porte de sa chambre. Avant d'en franchir le seuil, la Comtesse se tourna vers lui avec un air d'infinie douceur:

-Armand... Je ne vous ai jamais donné que de bons conseils!

-C'est vrai, et rendez-moi cette justice que je ne les ai jamais suivis! Je vous rejoins dans quelques minutes. Dites à Fribourg que j'ai deux mots à lui dire. Qu'il m'attende.

Il referma la porte. Mme Villars descendit lentement l'escalier, en se retenant à la rampe pour ne pas défaillir. Fribourg qui avait aperçu sa figure décomposée s'avança jusqu'au pied de l'escalier et demanda à voix basse:

-Alors?

Elle le prit par la main et l'entraîna au salon en lui soufflant:

-Pas ici... Les domestiques... Il va descendre dans un petit moment, et vous demande de l'attendre.

Fribourg regarda la Comtesse avec un sentiment de profonde pitié. La détresse de cette femme si droite lui faisait de la peine. Une fois dans le salon il l'invita à s'asseoir:

-Vous serez mieux ainsi. Que vous a-t-il dit?

-Tout... Ou plutôt rien. J'ai l'impression qu'il ne se rend pas compte de la menace qui pèse sur lui. Vous le connaissez. Rien ne paraît jamais l'atteindre. Il est si sûr de lui que je me demande si la situation est aussi grave que vous le dites. En quoi est-il concerné?"

-Je ne voudrais pas commettre d'indiscrétion...

-Oh! Fribourg, dit-elle avec un air de reproche, pas avec moi, je vous en prie! Dites-moi la vérité.

-Soit!... Vous savez bien que la Banque Parisienne de Crédit a servi d'intermédiaire dans le lancement des emprunts de la Compagnie de Panama, comme d'autres banques. Cela n'a rien d'extraordinaire, ni de répréhensible...

-Alors, pourquoi?...

-Il y a environ quatre ans, la Compagnie a eu des difficultés de trésorerie. Il fallait le vote de la Chambre des Députés pour lui permettre de se renflouer avec un emprunt à lots. Certains journaux, dont 'Le Vengeur' et 'La Libre Parole', prétendent que des députés ont touché de l'argent pour voter la loi autorisant cet emprunt.

-Je comprends. Mais qu'a donc mon mari à voir dans cette affaire?

-'Le Vengeur', vous l'avez lu, l'accuse d'avoir acheté des députés, et d'avoir provoqué la ruine de centaines de petits porteurs.

-C'est donc cela! Je suis certaine qu'il n'y a pas de preuves. Armand est trop habile et sûr de lui.

-De toute façon il faut mettre une fin à tous ces bruits.

-Fribourg!

Villars était descendu silencieusement et avait surpris la conversation. Il avait ainsi interpellé sévèrement son associé en pénétrant silencieusement dans le salon.

-Vous savez que j'interdis que l'on discute de mes affaires chez moi! Ma chère amie , ajouta-t-il à l'adresse de sa femme , j'ai quelques mots à dire à Fribourg. Si vous voulez bien nous laisser seuls un instant. Je serai bref.

La Comtesse s'éclipsa en lui jetant un coup d'oeil douloureux.

-Je m'excuse, Monsieur , dit Fribourg dépité . Je ne pensais pas...

-Vous ne pensez pas assez, Fribourg!

-Mais... je croyais que Madame la Comtesse...

-Vous devriez savoir qu'il ne faut pas mélanger sentiments et affaires. Mon épouse n'est pas concernée par la manière dont je gère les miennes.

Il prit un cigare dans une boîte et l'alluma. Il en tira quelques bouffées puis posa un regard lourd sur son collaborateur:

-Bon! où en sommes-nous?

-Il y a cet article du '*Vengeur*'...

-Négligeable! Je m'occuperai de ce jeune journaliste personnellement.

-Mais il prétend publier le nom de députés que nous aurions corrompus!

-Et alors! Il faudrait qu'il ait des preuves... Il n'en a pas, je présume? dit Villars en examinant attentivement le cigare qu'il tenait à la main. Il y eut un long silence puis il répéta en forçant légèrement le ton - N'est-ce pas?

Fribourg devint blême, décomposé. Les mots avaient du mal à sortir de sa bouche. Il balbutia:

- C'est que...

-Eh bien! Parlez!

-Des talons de chèques ont récemment disparu de nos

archives. Une quinzaine.

-Quels talons, quels chèques?

-Des talons de chèques au nom de députés dont nous nous sommes assuré le vote.

-Comment! Vous avez gardé les talons?... Imbécile!

Cette dernière phrase fut prononcée avec une intonation réfrigérante, seul signe perceptible de la colère du banquier.

-Mais... Ils étaient en lieu sûr!

-Ah oui! La preuve ! ironisa Villars . Je croyais vous avoir dit de détruire tout document susceptible de servir d'arme contre nous par des esprits malveillants. Vous ne méritez pas la confiance que j'ai placée en vous. Je vais être forcé de m'occuper de cette affaire moi-même.

-Nous les avions gardés comme moyens de pression. C'est vous qui m'avez toujours recommandé de constituer des dossiers.

Villars répliqua sèchement:

-Quand on constitue des dossiers, on prend soin qu'ils ne puissent se retourner contre vous! Vous avez agi avec une extrême légèreté, Fribourg. Heureusement que j'ai des relations. Quelle autre catastrophe avez- vous à m'annoncer?

-Bertrand-Dumas nous menace d'une interpellation à la Chambre, à la suite de cet article et de ceux de Drumont.

-Il n'y aura pas d'interpellation! Si Bertrand-Dumas bouge, il aura immédiatement cent vingt membres du Parlement contre lui, sans compter les autres. Il sera coulé. Allez de ce pas chez le Baron de Neuville. Vous lui direz de calmer son neveu sinon...

-Sinon?

-Eh bien! le Baron et ses amis pourraient le regretter.

Il comprendra à demi-mot. Au besoin, si sa mémoire est défaillante, vous ferez allusion aux Chemins de Fer du Sud. Il y a des dettes d'honneur que l'on se doit de rembourser, et des dossiers qu'il est préférable de laisser dormir!

-Très bien, j'y vais de ce pas. Où puis-je vous joindre ce soir?

-Je ne suis pas joignable ce soir. Nous nous verrons demain à sept heures à mon bureau. Et que tout soit réglé d'ici là. Bonsoir Fribourg.

Le congé était impératif, comme donné à un valet. Fribourg salua et s'en alla. Villars appela:

-Jean! mon manteau et faites venir le landau.

La Comtesse qui se tenait aux aguets réapparut:

-Armand... Vous sortez encore ce soir? Où allez-vous donc?

-Voyons, chère amie... dit Villars l'air ennuyé.

Mme Villars se fit suppliante:

-Oh! Armand, s'il vous plaît, pas ce soir. Que va-t-on dire?

-Je m'en fiche éperdument. Le petit cercle mondain de Paris ne mérite que le mépris.

-Je compte donc si peu pour vous, que vous préfériez, dans ces circonstances, vous afficher avec.. avec cette créature.

Elle se tut. Toutes les fois qu'elle rencontrait cette lueur dans le regard froid et inapprivoisable qui rendait son mari si étrangement inaccessible et l'avertissait que toute tentative de persuasion était peine perdue, elle était envahie par un sentiment de totale impuissance.

-N'exagérons rien, répondit Villars. Vous ne pensez pas sérieusement que j'aime cette femme?

-Mais alors, pourquoi persistez-vous à la voir, à la couvrir de cadeaux qui sont autant d'insultes à mon égard?

-Pourquoi? - le ton était méprisant - pourquoi ai-je une écurie de course, un gardénia à la boutonnière et un havane à la main?

-Parce que vous aimez les chevaux, les fleurs et le tabac. Mais puisque vous prétendez ne pas aimer cette femme...

-Elle fait simplement partie de la panoplie. Si je n'affichais pas de maîtresse, on me prendrait pour un rustre, ou pour un impuissant, ce qui est pire. Elle n'est qu'un des signes extérieurs de ma fortune, qu'un jouet que je jetterai quand j'en serai lassé, ou quand je ne pourrai plus attendre d'elle les services que je ne puis décemment exiger de vous. Au fond, je vous suis complètement fidèle, ma chère amie. Seules les apparences peuvent faire croire que je suis un mari qui trompe sa femme!

-Vous savez, pourtant, combien je souffre de cette situation - répondit la Comtesse. Elle ajouta avec un accent de dérision - Et si, moi, je prenais un amant?...

Villars sourit :

-Cela vous irait si mal! Je vous connais bien mon amie. Vous êtes une âme fidèle. Ce serait aller contre votre nature!

-Comment pouvez-vous me mépriser autant?

"Non, Comtesse, je ne vous méprise pas. Je vous respecte sincèrement, et si je vous parais brutal, c'est involontairement. Vous êtes sûrement la seule personne au monde qui trouve grâce à mes yeux. Mais si j'ai une qualité, c'est bien la franchise.

-Dites plutôt le cynisme!

-Oh! pas vraiment. Mais, vous avez raison, je manque peut-être un peu de complaisance.

Jean, le valet, frappa à la porte du salon.

-Qu'y a-t-il, Jean? demanda Villars.

-Je m'excuse, Monsieur, mais Monsieur Charles demande à parler à Madame la Comtesse.

-Que veut-il? - s'enquit Villars visiblement agacé - il va encore vous demander de l'argent!

-C'est que vous ne lui en donnez pas assez, Armand. Il a des frais de jeune homme.

-Je lui en donne encore trop, chère amie. Charles mène une vie de fils à maman. La jeunesse d'aujourd'hui, du moins celle de notre milieu, passe son temps à se créer des obligations mondaines futiles, au lieu de travailler. Est-il vraiment indispensable de se montrer quotidiennement, entre dix heures et midi à la Potinière, de ne fréquenter assidûment que Les Pieds Crottés, le Jockey Club ou le Cercle de la rue Royale? De monter à cheval, ou de faire de la bicyclette tous les matins parce que c'est la mode, et qu'il faut, à tout prix suivre la mode même si c'est idiot? Vous gâtez trop notre fils, Comtesse.

-Mais il est jeune, encore insouciant. Il a toute la vie devant lui. On dit qu'il faut que jeunesse se passe. Je veux qu'il en profite. Qu'il en garde un bon souvenir.

-Cela ne le prépare pas à affronter la vie. Nous ne serons pas toujours là pour payer ses fredaines. Quand j'ai reconnu Charles, je me suis engagé à bien l'élever. Malheureusement, et surtout par votre faute, il ne l'est pas. Alors, qu'il commence à travailler pour gagner sa vie. Je lui trouverai facilement une place comme commis de banque.

Mme Villars eut un sursaut d'indignation:

-Un commis de banque! Mon fils!

-C'est comme cela que j'ai débuté, souvenez-vous-en! Ce n'est pas une maladie. On ne pourra pas dire que le fils d'Armand Villars est un jean-foutre. Il commencera au bas de l'échelle pour s'élever par son propre mérite. Avant d'être capitaine, il faut être matelot.

La Comtesse frémit. Son visage, ordinairement empreint d'une douceur qui pouvait faire croire à de la faiblesse, avait soudainement pris un air de détermination farouche. Elle dit d'un ton impérieux:

-Charles est peut-être votre fils adoptif, mais il est de mon sang. A ce titre, c'est moi qui déciderai de son avenir. D'ailleurs, je lui ai dit que vous n'êtes pas son père.

Villars fut décontenancé par cette révélation, mais il reprit rapidement le contrôle de soi et dit sèchement:

-Puisqu'il en est ainsi...

Sans dire un mot de plus, il revêtit son manteau, se coiffa d'un haut-de-forme et sortit sous la pluie dans la rue où l'attendait son landau. Il y monta et referma la portière. A ce moment un homme surgit de l'ombre où il s'était tenu caché, s'agrippa à la poignée et cria:

-Villars!

-Quoi? qui êtes-vous? demanda le banquier, surpris.

-Tu ne me reconnais pas? Jules Lemaréchal. Tu ne te souviens pas?

Villars se pencha par la fenêtre et scruta le visage de l'homme sous le chapeau ruisselant de pluie. Il eut l'air de le reconnaître:

-Ah, c'est toi! Que fais-tu ici?

-Je t'attendais. Tu dois bien te douter pourquoi!
-Je n'en ai pas la moindre idée!
-Je suis ruiné... Le Panama... Tu m'avais dit d'acheter des actions au guichet de ta banque... Un placement sûr, qui devait rapporter gros... J'ai tout perdu à cause de toi!
-Comment ça? Tu es assez grand pour savoir ce que tu fais!
-J'avais ta parole... Il faut que tu m'aides.
-Ah? Et pourquoi donc?
-Je te répète. Je suis ruiné. On va saisir ma maison... Nous mettre à la porte. Tu sais, Louise, ma femme... elle est malade. Elle ne supportera pas d'être jetée à la rue!
-Et que veux-tu que j'y fasse?
-J'ai besoin d'un peu d'argent... De quoi passer le mauvais cap. Tu peux bien cela pour ton vieil ami qui t'a donné un coup de main quand tu es arrivé à Paris, sans le sou. Tu es assez riche pour aider un ami dans la débine.
-C'est non! D'abord tu n'es pas mon ami. Ensuite, je ne suis pas le Secours Catholique.
-Mais c'est ta faute, Villars! Si tu ne m'aides pas, Louise va mourir!
-Tu n'as qu'à la mettre à l'hospice.
Villars cria au cocher:
-Emile, où vous savez!
Le landau démarra, mais l'homme se cramponnait en courant à la portière, essayant en vain de l'ouvrir. Il vociférait:
-Canaille! Tu n'es qu'une canaille!
-Emile, au galop!
Le cocher fouetta le cheval. L'homme fut traîné sur plusieurs mètres avant de lâcher prise et de tomber sur les

pavés glissants. Il continua de crier:
- Canaille! Escroc!

Puis, toujours à terre, sur le sol trempé par la pluie qui tombait de plus belle, il se mit à pleurer.

La Comtesse, attirée par les éclats de voix, avait ouvert la grande porte de l'hôtel, et contemplait le spectacle, horrifiée.

CHAPITRE 4

La loge d'Hortense Fleury, aux Divertissements Comiques, était une pièce exiguë sans élégance ni confort, si petite qu'Hortense en gardait la porte ouverte pour avoir plus de place pour s'habiller. Elle donnait dans un étroit couloir sur lequel s'ouvraient, en enfilade, quatre autres placards pompeusement gratifiés du nom de loges, où venaient s'habiller et se maquiller les autres artistes de la troupe. Une atmosphère étouffante régnait sur les lieux. Dans la loge d'Hortense se pressaient, les uns contre les autres, Blondeau, le directeur du théâtre, homme bedonnant et poussif, le Marquis de Saint Priest, un vieil admirateur platonique, et l'habilleuse. Le directeur avait fait irruption dans la loge au moment où Hortense y entrait précipitamment en dégraffant sa robe pour un changement rapide. On entendait, venant de la scène, des fragments de Rip, dont les paroles étaient indistinctes. Blondeau exprimait un vif mécontentement:

-La soirée s'annonce brillante. Tu ne vas pas la compromettre avec vos petites histoires personnelles!

Hortense, qui gardait son sourire, répliqua:

-Si cette d'Aubigny m'attaque, je répondrai. Ne vous plaignez pas. S'il y a tant de monde, c'est précisément pour cette raison!

Ce disant, elle repoussa Blondeau hors de la loge. Celui-ci revint à la charge:

-Mon public ne vient pas chez moi pour assister à un règlement de comptes entre deux demoiselles qui se détestent on ne sait trop pourquoi.

L'habilleuse aidait Hortense à changer de costume. La jeune femme répondit:

-Si vous croyez que votre public se passionne pour l'âge d'Hortense Schneider ou pour la maigreur de Sarah Bernhardt!

Elle était en maillot léger, assise devant sa table de maquillage et retouchait ses sourcils et ses lèvres. Sur le mur en face, on avait épinglé une affiche représentant Hortense, et sur laquelle on pouvait lire en gros titres: HORTENSE FLEURY DANS DE PARIS A PANAMA, Revue Satirique à Grand Spectacle. Le directeur s'adressa au Marquis:

-Mon cher Marquis... vous qui avez de l'influence sur elle...

Hortense se mit à rire gaiement:

-Qu'est-ce que vous avez l'air d'insinuer? Le Marquis et moi vivons une grande passion platonique!

Le Marquis acquiesça:

-A mon âge, les femmes ne sont plus qu'un ravissant amuse-oeil... hélas j'ai la vue qui baisse, ces derniers temps!

Le directeur reprit:

-J'ai déjà assez d'ennuis comme ça avec la censure.

-Comment ça? demanda le Marquis.

-Elle trouve qu'on y va un peu fort contre le milieu politique. Il y a des sujets qu'on ferait mieux d'éviter, sinon nous risquons l'interdiction. Et justement, ce soir, les auteurs abordent un sujet plutôt hasardeux!

A ce moment un comédien lourdement maquillé et costumé en Rip sortit de scène et se précipita vers le directeur:

-Ça marche! J'ai dû bisser mon couplet. C'est vrai

qu'on a refusé beaucoup de monde?

-Plus de cinq cents personnes, répondit Blondeau.

-Et grâce à quoi? Grâce au scandale annoncé dans les journaux, fit remarquer Hortense.

Rip entra dans la loge en ôtant ses postiches. Il avait tout au plus vingt ans:

-Alors ils seront volés! L'avant-scène que loue la d'Aubigny est vide. Elle ne viendra plus, maintenant.

-Ah! si elle pouvait s'être cassé une jambe, soupira Blondeau.

Hortense demanda:

-Où en est-on?"

-Ravachol a jeté sa bombe, répondit Rip . On soupe ensemble?

La jeune femme répondit gentiment:

-Pas ce soir.

On entendit le régisseur crier dans les coulisses:

-En scène pour la finale du un!

Un chasseur entra dans la loge avec un bouquet de fleurs et une carte à la main. Il remit le tout à Hortense qui se faisait un dernier raccord devant la glace.

-On m'a donné un louis pour vous remettre ça.

Hortense prit la carte et le bouquet qu'elle jeta négligemment sur sa table. Elle lut la carte et dit d'un air dégagé:

-Encore une invitation à dîner. Un certain duc de Dino cette fois.

Blondeau s'approcha en émettant un sifflement admiratif:

-Eh bien!

Hortense demanda:

-Comment est-il?

-Noblesse d'Empire, et de surcroît millionnaire, fit le Marquis.

- Il vient de perdre un louis. Je n'ai pas faim!

Habillée dans le costume célèbre d'Yvette Guilbert à ses débuts, elle sortit rapidement de la loge et se prépara à entrer en scène pour le deuxième acte. Elle entrebâilla le rideau et aperçut Catherine d'Aubigny et Armand Villars précédés d'un groupe de personnages parmi lesquels on pouvait reconnaître plusieurs membres du Parlement. Tout ce monde s'installa assez bruyamment dans une loge de l'avant-scène. Un spectateur cria dans leur direction:

-Enfin! Nous commencions à désespérer!

-Nous tenions à dîner avant de venir, expliqua Catherine d'Aubigny.

Un second spectateur reprit:

-Alors, Catherine, vous allez prendre votre revanche?

-Revanche? Quelle revanche? Comment est-elle, la revue?

Un troisième homme répondit:

-Vous connaissez la Fleury. Elle ne pousse pas la note, elle la bouscule!

Cette remarque fit rire les accompagnateurs du couple, pendant que d'autres spectateurs manifestaient leur hostilité.

Les musiciens de l'orchestre regagnèrent leurs pupitres et se mirent à accorder leurs instruments. Une loge d'avant-scène située en vis-à-vis de celle de Catherine et de son groupe était occupée par un vieux monsieur distingué en conversation avec son voisin, Philippe Cabrissade.

-Je suis de votre avis, disait-il. Elle chante très spirituellement cette petite Hortense Fleury, et votre journal a raison de lui faire de bonnes critiques. Vous la connaissez?

-Pas personnellement. En dehors d'une voix très agréable, je trouve qu'elle a de vrais dons de comédienne.

-Incontestablement.

Le vieux monsieur s'interrompit brusquement car il venait d'apercevoir Catherine et Armand Villars. Il saisit ses lorgnettes de théâtre et demanda à son voisin:

-N'est-ce pas cette personne qu'on appelle Catherine d'Aubigny?

Philippe acquiesca, méprisant:

-Oui. Noblesse de corset!

Catherine, avant de s'asseoir, laissa tomber son manteau de fourrure, et apparut resplendissante, les épaules largement dégagées, constellée de bijoux, un diadème dans les cheveux. Aussitôt quelques hommes de l'assistance s'avancèrent vers sa loge pour la saluer. Il y eut un grand mouvement de curiosité dans le public.

-Et avec elle? N'est-ce pas Armand Villars, le banquier? reprit le vieux monsieur.

-Le bailleur de fonds!

-Ah! Elle est avec Villars?

-Qui se ressemble...

-On dit qu'elle lui coûte très cher!

-Et à l'épargne donc!

-J'ai lu votre article ce matin, dans '*Le Vengeur*'. Etes-vous sûr de ce que vous avancez?"

-Certain! répliqua Philippe avec assurance.

-Vous promettez de publier les noms de certains chéquards.

-Et je tiendrai ma promesse.

-Ah! Si j'étais encore au pouvoir j'aurais, depuis longtemps, ordonné l'ouverture d'une enquête!

-Et vous auriez eu la majorité de vos collègues contre vous!

-Il y a tout de même plus de gens honnêtes que vous croyez. Vous savez, l'intégrité est une arme redoutable entre les mains de qui sait s'en servir.

-Quand on est intègre, il faut se dépêcher d'en profiter! remarqua Philippe sans quitter Villars des yeux.

-Moi, voyez-vous, je suis tout à fait contre la politique d'étouffement. L'odeur du cadavre finit toujours par se propager et incommoder tout le pays. Les polémistes d'opposition ont vite fait d'assimiler les corrupteurs à la majorité. Ils oublient que la corruption est une maladie qui frappe sans discernement tous les régimes. C'est comme le rhume de cerveau. En hiver, qu'on soit de droite ou de gauche, tout le monde se mouche!

Tout en approuvant de la tête, Philippe continuait d'observer le banquier et disait à voix basse:

-Pauvre Villars! Il porte beau. Il ne se doute pas qu'on creuse sa tombe. Regardez, il est entouré de fossoyeurs. Une véritable cour constituée de députés et de hauts fonctionnaires qui se pressent à sa mangeoire. Avec comme appâts les chèques du banquier et le lit de sa maîtresse!

Blondeau, obséquieux, était apparu près de la loge de Villars. Il s'adressa à Catherine:

-Je vous en supplie, chère amie. Laissez-nous aller jusqu'au bout du succès. Vous promettez d'être sage? - Et à Villars il ajouta: -cher ami j'ai votre parole n'est-ce pas?

Ce dernier fit comme s'il n'avait pas entendu, tandis que

Catherine répondait:
-Si vos auteurs me laissent tranquille, je vous promets de les imiter. D'accord?
Blondeau souriait jaune:
-Vous êtes incorrigible!
-Ne vous plaignez pas. Vos recettes tirent un grand bénéfice de nos querelles.

Villars, que la conversation n'intéressait visiblement pas, avait aperçu Philippe en inspectant la salle. Il le toisa avec un air de supériorité ironique et dédaigneuse. Celui-ci quitta le vieux monsieur qu'il salua, et regagna sa place, un strapontin au deuxième rang d'orchestre. Une fois assis, il prit son programme et le lut: *Deuxième Acte, Premier Tableau: 'Les Rois de l'Escopette. Deuxième Tableau: 'Le Salon des Parisiennes'*

La lumière baissa progressivement, laissant la scène seule éclairée, et l'orchestre entama un pot-pourri de plusieurs airs célèbres de l'époque. Puis le rideau se leva enfin. Le décor représentait, en toile de fond, les quais de la Seine éclairés sinistrement par des becs de gaz. En scène, deux personnages, Macaire et Bertrand, célèbres bandits, entamèrent une chanson:

> "Il faut nous voir errant
> Près d'la barrière
> Macair' par devant
> Bertrand par derrière
> Prends-lui sa montre
> Prends-lui sa tabatière
> On vole, on pille, on triche
> C'est la politique de l'on triche"

Au mauvais jeu de mots, quelques rires fusèrent accompagnés de quelques sifflets. Trois autres personnages, Mandrin, Cartouche et Rocambole, rejoignirent les précédents, et tous entonnèrent un couplet sur l'air des Epiciers:

"Dans l'milieu flibustier
De Grenelle à la Roquette
Nous sommes les grand' vedettes.
Prends garde pour ta vie, rentier.
Car tu es chez les flibustiers.
Chez les rois de l'escopette
L'esco, l'esco, l'escopette."

La salle se mit à applaudir vivement quand Hortense entra en scène. S'adressant aux cinq malfrats, elle chanta:

" Vous vous vantez sans pudeur.
Quoi qu'vous disiez vous n'êtes
Qu'une troupe d'enfants de choeur.
L'sang vous monte à l'escopette!
Telle que vous m'voyez là
J'vous éclipse avec aisance
Car j'ai dévalisé la
Totalité de la France.
Avec cet air fripon-là
Je suis la bande à
Je suis la bande à
Avec cet air fripon-là
J'suis la bande à Panama!"

La salle explosa de joie. Rires et applaudissements couvrirent la musique. De nombreux spectateurs se levèrent et crièrent bravo. Quelques regards moqueurs se tournèrent vers la loge occupée par Villars. Enfin, le tumulte apaisé, Hortense reprit en singeant le style d'Aristide Bruant:
> "V'là l'Panama
> V'là l'Panama qu'arrive.
> De l'une à l'autre rive
> Tout l'monde en crèv'ra.
> L'Bon Dieu du haut du Sacré Coeur
> Chante avec toute sa clique
> Et les cagots r'prennent en choeur
> Crève la république!"

Nouveaux mouvements d'enthousiasme dans l'assistance. Une jeune fille court vêtue, un bandeau sur les yeux, entra alors en scène en faisant des pointes. Elle chanta:
> "Mon glaive est impartial
> Ma fourche est sans pitié
> Quel que soit vot'rang, j'saurai vous châtier.
> Mon avertissement déjà vous épouvante?
> A bientôt! je suis la justice immanente."

Alors les cinq bandits se portèrent en avant et entonnèrent le final du tableau:

> "La morale de cette histoire
> Tzim boum, la rirette
> C'est qu'la justice est belle à voir
> Tzim boum, tra la la."

Le rideau tomba sous les applaudissements nourris des spectateurs. L'un d'eux, assis à côté de Philippe, se pencha vers lui en riant:

-Oh! là! là! Dites donc, les auteurs n'y vont pas de main morte. Il y en a ici qui ne doivent guère apprécier!

Philippe acquiesça et ajouta:

-La vérité est toujours bonne à chanter. J'éprouve cependant des doutes sur l'immanence de la justice!

Pendant le changement de décor, les spectateurs commentaient à haute voix l'actualité du scandale de Panama. Leurs regards vers la loge de Villars devenaient plus insistants. Nombreux étaient ceux qui avaient lu l'article du *Vengeur* mettant directement en cause le banquier. Celui-ci demeurait imperturbable, un sourire ambigu sur les lèvres.

L'orchestre, qui avait cessé de jouer pendant le changement de décor, reprit et le rideau se leva pour la dernière fois de la soirée, sur une toile de fond représentant un immense salon en trompe-l'oeil, avec lustres et colonnades. Le choeur des demi-mondaines était sur scène et attaqua:

"Nous sommes les demi-mondaines
Les jolis attrap'magots
Reines de la vie parisienne
Grandes cocottes à gogos"

La musique reprit la ritournelle, ponctuée par le compère qui les présentait, l'une après l'autre:

"Léontine Massin, surnommée coeur d'artichaut.
Valtesse de la Bigne, dite Altesse de la ligne.
La belle Otéro, toutes les nuits d'Espagne.

Clémence de Pibrac, vieille noblesse gasconne.
Et toutes les étoiles scintillantes de nos nuits de Paris"

L'une après l'autre puis en groupe, se trémoussant, les demi-mondaines défilèrent, puis se rangèrent de chaque côté d'un escalier en haut duquel apparut Hortense Fleury en toilette de soirée, très décolletée, constellée de bijoux, un diadème sur les cheveux. Cette tenue rappelait ostensiblement celle que portait Catherine d'Aubigny ce soir-là. Elle descendit les marches et chanta:

"Je suis la plus illustre de celles
Qu'on nomme les 'belles à bons vieux'
J'économise les bouts d'chandelles."
et avec un clin d'oeil coquin:
Me reconnaissez-vous, messieurs?"

L'orchestre suivit avec un petit air animé par les autres artistes en scène et elle reprit:

" Ayant d'l'appétit comm' pas une
J'mange l'héritage de vos p'tits vieux
J'croque la pomme, j'mange des fortunes
Me reconnaissez-vous, messieurs?"

A ce moment, un bruit de bouteille de champagne qu'on débouche éclata comme un coup de feu, dans le bref silence qui suivit la fin du couplet. Hortense et les autres artistes se tournèrent vers la loge de Catherine, d'où venait le bruit. Les spectateurs suivirent le mouvement des yeux et aperçurent la demi-mondaine qui se faisait servir le champagne sur un guéridon pliant. Elle en offrit à Villars et à ses amis, tournant ostensiblement le dos à la scène, apparemment indifférente au spectacle. Hortense regarda la loge, un bref instant décontenancée, puis se ressaisissant, s'avança:

-Voilà la voix d'une personne que nous connaissons bien. Mais je ne la savais pas si bouchée!

Cette répartie fit rire une partie de la salle. Hortense, sans sembler attacher plus d'importance à l'incident, allait enchaîner sa chanson lorsque le bruit d'une autre bouteille que l'on débouchait parvint du fond de la salle. Elle ne se laissa pas démonter et reprit:

"J'suis la maîtresse d'un comte... en banque
J'n'ai que des nababs comme amoureux
Les cossus, c'est pas ça qui manque...
Me reconnaissez-vous, messieurs?"

De nouveau, plusieurs bruits de bouteilles que l'on débouche éclatèrent. Dans une loge d'orchestre, un garçon servait les quatre occupants qui semblaient ravis. Dans une autre, deux hommes et une femme semblaient vouloir refuser le champagne, mais le garçon leur indiquait que c'était de la part de Catherine d'Aubigny. Celle-ci les salua et leur fit un geste comme pour leur dire "Si! si! Je vous en prie, à ma santé"! Hortense l'apostropha:

-On peut chanter, oui?

Catherine se tourna vers elle:

-Ah! Vous chantiez?... Il fallait le dire tout de suite. On ne vous entendait pas!

-Vos oreilles seraient-elle bouchées, elles aussi?

Les autres artistes étaient décontenancées par cette échange de propos aigres-doux. Seule Hortense ne l'était pas du tout.

Une voix cria:
- Continue Hortense!
Une autre voix répondit:
- Silence, la claque!
Mouvements divers dans la salle. Hortense fit signe à l'orchestre qui s'était tu pendant l'algarade, et entonna:
"J'me suis offert un nom d'guerre
Pour mes conquêtes c'est tel'ment mieux
Mon champ de bataille c'est Cythère
Me reconnaissez-vous, messieurs?"

Catherine lança, faussement aimable:
- C'est joli ce que vous essayez de nous chanter là!
Hortense se piquant au jeu répliqua:
- N'est-ce pas? Ça vous ressemble.
- Vraiment, vous avez un diamant dans la gorge.
- Merci.
- Il est si gros qu'il empêche les notes de passer!
Hortense haussa les épaules et fit un nouveau signe au chef d'orchestre:
"Mon arbre généalogique
Prend racine dans l'quartier d'Bagneux
Ou papa s'montra prolifique
Me reconnaissez-vous, messieurs?

Catherine se leva, se pencha vers l'extérieur de la loge en regardant à droite puis à gauche, et demanda aux spectateurs proches d'elle:
- Dites donc, vous ne l'avez pas trouvé? Je le cherche partout!

Un spectateur entra dans son jeu:
-Et quoi donc?
-Mais, l'esprit des auteurs voyons!"
Il y eut des sourires dans la salle, des protestations couvertes par d'autres protestations, celles des gens que cela amusait. Hortense se rapprocha de la loge:
-Madame apporte son grain de sel?
-Vos couplets sont un peu fades, ils en ont besoin.
-Ah! Madame ne se trouve pas assez assaisonnée?
Catherine prit un air hautain et répliqua, comme à une domestique:
-Continuez, ma fille!
La chanteuse fit une révérence:
-Madame va être servie, et elle se mit à chanter:
"Sous le prénom de Catherine
J'ai fait des chopins scandaleux
Quant à mon nom, il se devine
Me reconnaissez-vous, messieurs?"

Puis sans marquer une pause, elle enchaîna
"Ce nom, n'en faisons pas de mystère
C'est d'Aubigny, par mes aïeux!
Tous cavaliers de la cuisse légère
Vous m'avez reconnue, messieurs!"
Et elle termina en forme d'envoi:

" Ça prouve que quand on est putain
Faut s'établir Chaussée d'Antin
Au lieu d'se faire une clientèle
A Grenelle!"

Catherine fut visiblement fort irritée par le dernier couplet. Elle jeta un regard furibond à son adversaire, et répondit hargneusement:

-Ah! C'est une imitation! Tout s'explique. Voilà pourquoi vous chantiez si faux!

Hortense, sentant qu'elle avait le dessus:

-Excusez-moi, mais moi je ne suis pas une vraie demi-mondaine.

-Ni une vraie artiste!

-Peut-être pourriez-vous me donner quelques leçons de cabotinage?

-Impossible, je n'aime que les élèves qui ont des dispositions.

Une sourde rumeur alla en s'amplifiant dans la salle. Nombre de spectateurs ayant trouvé que cela durait trop, protestèrent:

-Assez!

Il y eut des sifflets. Catherine se tourna vers l'orchestre et cria d'un air de défi:

-Décidément, c'est l'année des chahuts. Wagner à l'Opéra, Thermidor au Français, et moi ici! On ne siffle que les chefs-d'oeuvre!

Hortense prit la balle au bond:

-On siffle aussi son chien!

La salle se récria contre cet esprit douteux. Le chef d'orchestre ne savait plus que faire devant la tournure des événements, et interrogeait désespérément les coulisses du regard. Le directeur, dans tous ses états, lui cria:

-Enchaînez, bon Dieu, enchaînez!

Mais, sur un ordre de Catherine, un garçon s'approcha et

lui tendit une coupe de champagne. La jeune femme lui lança:
 -Vous permettez? Les auteurs nous ayant privés de pétillant, j'ai pris la liberté d'en faire servir moi-même. Je bois aux absents: à l'esprit, à la satire et à la bonne franquette.
 Le chef refusa la coupe, en bougonnant. Hortense répliqua:
 -On avait bien invité tout ce monde . Mais, quand ils ont su que vous veniez, ils se sont décommandés!
 -Dites plutôt que vous les avez fait fuir , dit Catherine qui ajouta à l'adresse du chef d'orchestre : Buvez, monsieur le chef. Il vous faut bien un remontant.
 Sur ces derniers mots, Philippe, qui s'était levé, s'approcha de l'orchestre, prit la coupe refusée par le chef, et la leva en direction d'Hortense:
 -Je lève ce verre que l'on ne m'a pas offert, et dont le cristal est comme l'écho de la voix d'Hortense Fleury , il fit sonner le cristal d'une pichenette . Au grand succès de cette ravissante actrice. Et je remercie mademoiselle d'Aubigny de me donner aussi généreusement l'occasion de présenter à Hortense Fleury l'hommage des hommes de goût.
 Hortense remercia le journaliste aimablement d'un sourire. La salle, cependant, devenait de plus en plus houleuse, tant que les huées finirent par couvrir les applaudissements. Catherine, sans y prêter attention, interpella Philippe:
 -Monsieur! Les femmes de goût savent que les hommes de goût ont parfois le jugement défaillant. Elles vous pardonnent volontiers le vôtre. Quand au cristal, voyez - elle brisa la coupe qu'elle tenait en main, sur le rebord de la loge - il est, comme la voix, cassé!
 Applaudissements, protestations, sifflets accueillirent cette dernière réflexion. Le tumulte s'accrut. Hortense s'exclama:

- Savez-vous que vous êtes dans une salle de théâtre?

-Parfaitement! Ne vous gênez pas pour moi, finissez cette mascarade! Maintenant que la revue est cuite dans son propre four, en avant la musique!

L'orchestre attaqua l'air des demi-mondaines et le directeur fit baisser le rideau. Il se produisit, alors, une débandade générale au milieu des bravos et des rappels. La scène fut envahie par des spectateurs. Hortense s'était déjà précipitée en coulisse, se dirigeant en courant vers sa loge, suivie du Marquis qui lui avait emboîté le pas et lui criait, enthousiasmé:

- Sublime, vous avez été sublime!

Dans sa loge, Hortense brusqua l'habilleuse:

-Vite, vite! aide-moi à me changer. Je suis pressée!

Le Marquis l'apaisa du geste:

-Inutile, nous avons tout le temps. J'ai retenu une table au Café-du-Rat-Mort.

Hortense, qui se déshabillait précipitamment, saisit par le bras une jeune de la troupe qui passait dans le couloir:

-Noémie!

-Qu'est-ce qu'il y a?

-Tu connais le Marquis?

Noémie, qui ne demandait qu'à connaître, répondit, alléchée:

-Non!

-Eh bien! Maintenant tu connais!

Hortense présenta gaiement Noémie au vieil homme qui ne comprenait pas.

-Mon amie Noémie - se tournant vers sa camarade - Il t'invite à souper. Il te trouve charmante. Tu verras, il est très rigolo. Il te parlera de Rigolboche et de la reine Pomaré qu'il a connue il y a trente ans. C'est passionnant!

Le Marquis la regarda avec un reproche dans les yeux. Hortense l'embrassa sur le front:

   -Pardonnez-moi, Marquis de mon âme... Ce soir, j'ai besoin de solitude. Venez me voir demain à mon lever! Noémie, dépêche-toi! Le Marquis n'aime pas attendre.

   -Oh! Comment pouvez-vous dire cela , protesta le Marquis , moi qui ne fais que vous attendre!"

Elle lui fit un petit geste d'affection et, vêtue de son costume de ville, sortit en bousculant les admirateurs qui se pressaient dans le couloir.

*

La rue devant le Théâtre des Divertissements Comiques était encombrée de fiacres, de coupés et de landaus. Un groupe d'excités raccompagnait Catherine en l'acclamant:

   -Bravo Catherine! Tu as détrôné la reine Hortense!

   -Tu as plus d'esprit que les auteurs!

   -La prochaine revue, c'est toi qui l'écriras!

Villars monta dans son landau, tandis que Catherine, sur le marchepied, saluait ses admirateurs:

   -Vous êtes mes fidèles sujets?

   -Oui! oui! Hip hip hip hourrah!

   -Alors, qui m'aime me suive! Qui a bu, boira, et après nous le déluge! Tous au Café Anglais!

Philippe, seul sur le bord du trottoir, la regarda s'éloigner avec un sourire ironique. Il murmura:

   -Vas-y ma belle! Profites-en pendant qu'il est encore temps!

A ce moment, il aperçut Hortense qui sortait du théâtre, un

peu essoufflée. Elle s'arrêta un court instant, cherchant quelqu'un des yeux. Elle vit le journaliste, et son expression d'excitation joyeuse fit brusquement place à un masque de tristesse qu'elle parut se composer pour la circonstance. Philippe, intrigué par l'air perdu et désemparé de la jeune femme, s'approcha d'elle et l'aborda:

-Me permettez-vous de vous féliciter?

Hortense sursauta, fit un effort pour se ressaisir, et comme étonnée de le voir là, sourit en faisant mine de le reconnaître:

-Ah! Vous êtes le... Je vous dois des remerciements.

-Vous avez été éblouissante!

-Et vous, monsieur, très spirituel!

Ils se regardèrent un instant puis se mirent à rire franchement:

-Ma parole, c'est le duo d'admiration mutuelle, s'exclama Philippe.

-Je dis ce que je pense, répondit Hortense, comme s'excusant.

-Et moi, je pense ce que je dis! Et même un peu plus!

Il s'étonna de la voir si tôt changée, avouant qu'il espérait la voir à la sortie du théâtre, mais pas si rapidement. Elle expliqua qu'elle avait l'habitude de se rhabiller au pas de charge. Ils se regardèrent en silence, un peu embarrassés, mais ne paraissant pas disposés à prendre congé l'un de l'autre. Enfin, Philippe s'enquit:

-Vous attendez quelqu'un?

Hortense répondit, un peu trop rapidement:

-Non! non! - puis avec une indifférence feinte - Non!

De nouveau, elle semblait effleurée par la mélancolie. Elle ajouta, avec un sourire vite réprimé:

-Personne ne m'attend ... nulle part!

Tout cela avait été dit avec un art subtil de la comédie. Philippe s'étonna:

-Seule? Un soir pareil! Vous êtes égoïste.

-Pourquoi?

-Parce que vous refusez de partager votre succès!

Hortense parut désabusée:

-Oh! Mon succès! Parlons-en...Il fut de courte durée.. Le temps d'un bravo!

Elle laissa échapper un profond soupir. Philippe, d'un ton gentiment moqueur:

-Quelle mélancolie!

Hortense avait presque les larmes aux yeux:

-Vous savez... les femmes ont toujours un chagrin tout prêt... à tout hasard!

Ils s'étaient mis à marcher lentement ensemble sur le trottoir. Les lumières du théâtre s'éteignirent et les laissèrent dans l'ombre. Subitement, Philippe eut l'air de prendre une décision et dit en badinant:

-Dites-moi! Si vous me rencontriez un soir au coin d'un bois, vous n'auriez pas peur? Vous ne vous enfuiriez pas?

Elle le regarda avec de grands yeux étonnés:

-Oh! Je ne crois pas!

Alors, la prenant par le bras, il héla un fiacre:

-Eh bien! Vous allez me faire le plaisir de venir souper avec moi!

Le fiacre vint se ranger le long du trottoir, et Philippe, en entraînant la jeune femme, lui dit à voix basse:

-Je n'admets pas que vous soyez triste, un soir comme

celui-ci! Vous vous rendez compte, le soir même où vous m'avez rencontré!
　　Elle se laissait faire et, avec un ton de faux reproche:
　　　-Mais vous ne me demandez pas mon avis?
　　　-Pas si bête... Montez...
　　Hortense s'installa dans le fiacre et Philippe vint s'asseoir à côté d'elle. Elle se tourna vers lui:
　　　-Où m'emmenez-vous?
　　　-Au bout de la nuit!
　　　-Mais c'est bien loin!
　　　-Cela dépend avec qui on fait le voyage. Cocher, droit devant! Je vous dirai quand vous arrêter.

*

　　Plus tard dans la soirée, Philippe et Hortense se trouvaient dans un café proche des Halles. C'était un tout petit café-restaurant populaire fréquenté où venaient boire, accoudés sur le zinc, les cochers, les porteurs des Halles voisines vêtus de leur costume pittoresque, les marchandes de poisson. Quelques filles accompagnaient leurs souteneurs et une jeunesse bohème mangeait, buvait et s'aimait sans fausse honte. Un accordéoniste jouait 'Mendiant d'Amour' de Gauthier. Le patron, qui assurait seul le service, déboucha une bouteille de champagne et, traversant la petite salle encombrée sous les regards intéressés, la porta avec cérémonie à la table, dans un recoin, où Hortense et Philippe terminaient leur repas.
　　　-Voilà, Monsieur Philippe, dit-il. C'est du bon. Je suis sûr que la petite dame appréciera!
　　　-Merci Gaston, dit le journaliste qui prit la bouteille des

mains du cafetier et en versa deux verres.

Hortense avait chaud, ses yeux brillaient. Elle soupira d'aise, et s'éventa avec un éventail en papier. Philippe lui demanda:

-Que pensez-vous de mon petit bistrot? On y mange bien?

-Il est merveilleux, répondit la jeune femme, radieuse.

Alors Philippe se leva, tendit son verre et, à voix haute:

-Puisque vous l'appréciez à sa juste valeur, je bois à votre saisissante beauté, à votre mélancolie sans objet du début de soirée, à vos oreilles finement ourlées, à votre petit nez impertinent, à vos fossettes spirituelles, à votre taille de guêpe, à...

-Arrêtez-vous - interrompit Hortense en rougissant - Tout le monde nous regarde. Vous buvez trop et ne savez plus ce que vous dites!

Les couples occupant les tables voisines les regardaient avec des sourires de sympathie.

-Mais si, je sais ce que je dis, chère Hortense. Et tout le monde ici est d'accord avec moi. Je n'ai pas besoin de champagne pour perdre la tête. Je n'ai qu'à vous regarder!

-Vous me gênez!

-Je blague - puis avec un air plus sérieux -mais je ne plaisante pas!"

Il vint s'asseoir à côté d'elle. Elle le regarda à nouveau avec un sourire triste:

-A quoi bon? Je ne suis pas de celles qu'on peut aimer!

-Allons, cessez avec vos états d'âme stupides! Auriez-vous eu affaire à des aveugles ou, pire, à des ingrats pour être désabusée à ce point?

-Je ne me fais pas d'illusions. Vous savez, Philippe, moi je serais capable de vivre pour un homme... et, qui sait?.. même de mourir pour lui. Mais on ne me prend jamais au sérieux. Je ne suis qu'un agréable passe-temps. On la trouve amusante, cette petite. On lui fait des serments, histoire de rire un peu. Et puis... à la fin du printemps, bonsoir! On la quitte. On se dit "elle n'aura pas de chagrin. Elle a tant de chansons dans la tête!"

Elle avait le regard humide et la voix un peu brisée en disant ces mots. Philippe lui prit la main et lui dit tout doucement:

-Je vous défends de parler de vous sur ce ton. On a tous, à un moment ou à un autre, des peines de coeur. C'est que le coeur est fait pour souffrir. Qui a jamais entendu parler de plaisirs de coeur! Mais on peut être heureux sans lui. On peut parfaitement aimer de toute son âme! Hortense, regardez-moi..

Une larme roula sur la joue de la jeune femme.

-Hortense... je vous ordonne d'être heureuse, compris?

-Oui, Monsieur Philippe X, répondit-elle en lui souriant.

-C'est vrai, je ne me suis pas présenté! Philippe Cabrissade, gascon d'origine, comme d'Artagnan. Grand bretteur de la plume, pour vous servir! Et, en plus, directeur-rédacteur en chef du *Vengeur*.

Hortense joua la surprise:

- C'est vous *Le Vengeur*?

- En quelque sorte!

La jeune femme parut subitement égayée:

-Mais alors, vous connaissez le rédacteur qui signe 'Le Monsieur du Strapontin'?

-Intimement, si j'ose dire.
-C'est lui qui m'a lancée!

Philippe fit mine de s'étonner:
-Non!
-Si!
-Quoi? Alors c'est votre amant?

Hortense, choquée:
-Comment pouvez-vous proférer des horreurs pareilles! Je ne l'ai même jamais vu. Il était dans la salle le soir où j'ai remplacé Polaire au pied levé dans la Revue de la Cigale. Il m'a fait un article sur deux colonnes. Ce fut le commencement de ma carrière.
-Ça alors! je ne savais pas qu'il existât des critiques désintéressés!
-Depuis, il ne manque jamais une occasion de parler de moi.
-Comme je le comprends. Vous êtes un très joli sujet de chronique, vous savez.
-Il a écrit au moins... je ne sais pas... peut-être une vingtaine d'articles... des longs d'au moins deux colonnes!
-Ma parole, ce n'est plus de la critique, c'est de la passion!
-Pourquoi signe-t-il 'Le Monsieur du Strapontin'?
-Le journal n'est pas assez riche pour lui payer un fauteuil!
-Dites-moi... comment est-il?
-Ça vous intéresse donc tant?... Eh bien, il est chauve.

Hortense fit une moue de dépit:
-Quel âge a-t-il?
-Oh! Bien la cinquantaine... mais il ne le fait pas. Nez

moyen, front moyen, taille moyenne... tout moyen, quoi! Ah! et j'oubliais, il porte une grande barbe et des moustaches en guidon de bicyclette, poivre et sel.

Pas dupe, elle se mit à rire. Elle questionna:
-Et vous? Vous écrivez aussi?
-Dame!
-Et sur quels sujets?
-Je me suis spécialisé dans les articles sur la chasse... en particulier sur la chasse au gros gibier! En ce moment je m'intéresse à la chasse au Villars!

Hortense feignit de ne pas comprendre:
-Le Villars? mais quel est donc cet animal?

Philippe répondit d'un air caustique:
-C'est un animal de malheur. Pas un tigre, plutôt du genre loup qui chasse en bandes. Vous aurez sûrement remarqué la bête qui se tenait ce soir aux côtés de la d'Aubigny?
-Le monsieur distingué qui portait un monocle?
-C'est cela un Villars. Bientôt il figurera à mon tableau de chasse, et je vous offrirai sa peau, pour vous en faire une descente de lit!

Toujours l'air naïf et ignorant, Hortense dit:
-C'est lui, le monsieur qui...
-Qui commandite la d'Aubigny, oui! Prochainement ils seront tous deux sur la paille. Lui, celle d'un cachot; elle sur sa litière natale! Rassurez-vous, je vous débarrasserai de votre ennemie intime!

Elle laissa échapper, malgré elle:
-Mais... mais je ne veux pas...

Philippe fut surpris par cette réaction spontanée:

-Comment vous ne voulez pas? Que voulez-vous dire?
Hortense, confuse, expliqua sa réaction:
-Je voulais dire... N'est-ce pas dangereux?... Il paraît que ce Villars est très puissant. Je ne voudrais pas que vous couriez des risques inutiles!
-Ne vous tourmentez pas. Rien ne m'arrêtera. J'aurai sa peau parce que j'ai tout ce qu'il faut pour l'envoyer en prison! En attendant, buvons à notre santé.
-Je n'ai plus soif.
-Alors c'est une raison pour que je vous reconduise chez vous!

*

Ils reprirent le vieux fiacre conduit par le cocher somnolent. La nuit pâlissait à l'horizon. Philippe murmura dans l'oreille d'Hortense qui avait appuyé la tête sur son épaule:
-Voici le bout de la nuit, comme promis.
Hortense frissonna:
-Et nous sommes arrivés! C'est juste au bout de cette rue.
Philippe lui prit la tête entre ses mains et dit:
-N'avez-vous pas l'impression que cette arrivée est un point de départ?
Hortense, à nouveau désabusée:
-Cela se pourrait. Mais avec moi, on ne va jamais bien loin!
Elle descendit du fiacre, suivie de Philippe qui régla le cocher, et la rejoignit devant la porte d'une modeste et charmante maison de Montmartre. Philippe la prit par les

épaules, et la secoua doucement:

-Moi, je veux bien être du voyage! Enfin, qu'est-ce que vous avez? Vous êtes jeune, plus que jolie, plus que charmante. Je pensais tout ce que je vous ai dit au bistrot. Vous avez du succès. Pourquoi cette tristesse?

-Qui sait de quoi demain sera fait!

Elle baissa la tête. Il lui releva le menton et la força à le regarder dans les yeux. Il lui dit avec un ton de profonde sincérité:

-Voulez-vous être mon amie?

Elle fut surprise et réprima un geste de défense:

-Comment l'entendez-vous?

-Sans arrière-pensée! Vous êtes seule. Je veux vous aider à traverser ce mauvais moment, quelle qu'en soit la raison.

-Je ne veux pas souffrir, dit-elle, craintive.

-Je vous le promets... alors... à la vie à la mort?

Elle hésita un bref instant, puis comme prenant une décision risquée:

-A la vie à la mort!

Philippe lui prit les deux mains et les baisa. Elle était prête à se laisser embrasser, tendue, offerte. Lui ne parut pas s'en apercevoir et il dit gentiment:

-Au revoir, Juliette!

-Juliette?

-Oui, au revoir Juliette, Isolde, Ophélie, Marguerite, Camille... Au revoir Mimi!

Emue, elle lui répondit:

-Au revoir Monsieur Chauve!

Elle le regarda s'éloigner, surprise, ne s'attendant pas à ce départ. Elle regarda la longue silhouette féline disparaître au coin de la rue. Elle eut un instant de remords, puis se sourit à elle-même:

-A bientôt cher Monsieur du Strapontin!

CHAPITRE 5

'Chez Adolphe', sur les grands boulevards, on trouvait un peu de tout. C'était un bric-à-brac d'objets les plus hétéroclites. Monsieur Adolphe vendait et louait aussi des vêtements et des habits de soirée et de cérémonie. Philippe, encore vêtu du smoking et du manteau qu'il portait la veille aux Divertissements Comiques, entra dans le magasin:

-Bonjour, Monsieur Adolphe.

Le brocanteur, penché sur son comptoir, lisait *'Le Vengeur'*. Il leva les yeux avec un large sourire:

-J'étais justement en train de finir de lire votre article... un bon article. Mais pourquoi signez-vous toujours Monsieur Platon?

-En hommage à mon père qui, lui aussi, était journaliste dans une feuille de province. Il signait du nom de ce philosophe.

-Ça s'est bien passé, hier soir?

Philippe répondit, en riant:

-On ne peut mieux! Tout le monde m'a demandé l'adresse de mon tailleur!

Il enleva son manteau et se regarda dans un miroir:

-Celui-ci me va parfaitement. Celui que vous m'aviez prêté la semaine dernière pour l'Opéra était un peu étroit d'épaules.

-Tout le monde n'a pas votre carrure, Monsieur Philippe. Alors, je vous le mets de côté pour la prochaine fois.

Philippe ôta son veston:

-Je ne veux pas que vous manquiez une vente à cause de moi.

-Pensez-vous , répliqua Adolphe qui décrocha un costume à un rayonnage et le tendit à Philippe . Voilà le vôtre. Fernande a donné un coup de fer au pantalon. Il en avait bien besoin!

-Il ne fallait pas qu'elle se donne tant de peine. Vous la remercierez de ma part, dit le jeune homme, en se rhabillant.

-Oh si!, il en avait vraiment besoin! Et puis, le fond commence à être râpé. Méfiez-vous! Un grand journaliste comme vous ne doit pas montrer son anatomie à tout le monde.

-Ça ne se voit pas. Je m'assieds dessus!

-Un de ces jours, vous vous assiérez au travers!

Adolphe retourna au rayonnage, et sortit un pantalon:

-J'en ai un là, qui est presque neuf. Il vous irait sûrement.

Philippe refusa. Il s'ensuivit une petite dispute et le journaliste finit par dire:

-D'ailleurs, je me trouve très élégant comme ça!

Adolphe approuva:

-Ah ça! Vous faites l'admiration de Fernande. Elle n'arrête pas de me dire qu'elle n'a jamais vu un homme aussi propre et aussi soigneux, que j'en deviens jaloux!

Philippe finissait de se rhabiller et se regardait à nouveau dans le miroir:

-Là!... Je suis soigneux par nécessité. Quand j'aurai de l'argent, eh bien je me paierai des taches partout! Des taches formidables de millionnaire, à la fine champagne, à la sauce diplomate!

Adolphe, avec un soupir, avait rangé le pantalon refusé:

-Vous! Vous n'aurez jamais d'argent!

-Et pourquoi cela?

-Parce que la vérité ça n'a jamais rien rapporté. A personne. Vous défendez les petits, et nous, on vous aime bien. Mais on ne peut s'empêcher d'avoir peur pour vous... avec tous les ennemis que vous vous faites!

-Bah! C'est mon plaisir à moi. Je me sens tellement bien le soir, quand je peux me dire: "Un ennemi de plus, aujourd'hui je n'ai pas perdu mon temps!".

-Vous plaisantez, mais vous devriez prendre garde. Tous ces gros bonnets que vous attaquez, ils ont des relations. Ils tutoient les ministres. Ils ont le bras long et peuvent vous faire mettre à l'ombre, comme au temps des lettres de cachet.

Pendant l'échange de propos, Philippe avait vidé les poches de l'habit emprunté à Adolphe des objets qu'elles contenaient. En les transférant dans les siennes, il retira de l'une d'elles deux billets de cent francs. Il rougit et demanda d'un ton brusque:

-Qu'est-ce que c'est que ça?

Adolphe s'approcha de lui et constata innocemment:

-Tiens deux billets de banque!

-Qu'est-ce qu'ils font dans ma poche?

Adolphe répondit, en fuyant son regard:

-Je ne sais pas moi! Vous devriez le savoir! - et il s'éloigna, faisant mine de ranger son magasin en sifflotant.

Philippe l'attrapa par l'épaule:

-Vous me prenez pour un imbécile?

-Moi? Ça ne me viendrait pas à l'idée!

-C'est bien assez que vous me prêtiez des costumes! Si vous recommencez, jamais, vous entendez, jamais je ne vous emprunterai plus rien!

Il le força à ouvrir la main, et à reprendre les billets.

-C'est probablement Fernande... pour votre fête!

Philippe ne put s'empêcher de rire, toute colère ayant disparu de ses traits:

-Ma fête! C'est dans huit mois!

-Elle a un peu anticipé sur le calendrier c'est tout!

-Ah oui! Eh bien! Que je ne vous y reprenne pas. Allez! au revoir, corrupteur! Villars! millionnaire!

Il sortit en claquant la porte. Adolphe alla sur le seuil et le regarda s'éloigner en riant:

- Sacré bonhomme, va! - Puis il reprit, sombrement : Ce serait vraiment dommage qu'il lui arrive quelque chose.

*

Hortense habitait un petit logement de Mimi Pinson: deux petites pièces ensoleillées qui lui ressemblaient, modestement meublées, mais avec goût, ouvrant sur une petite cour-jardin avec des fleurs et des oiseaux. La jeune femme se tenait dans sa chambre et, assise devant sa coiffeuse, mettait la dernière main à son maquillage. Ses gestes étaient lents et hésitants comme si elle n'était pas à sa tâche. Elle paraissait absente.

Dans l'autre pièce faisant office à la fois de salon, de salle à manger et de cuisine, le Marquis consultait une pile de journaux qu'il avait apportés et dépliés sur la table. Il parlait à Hortense par la porte de communication:

-Ma chère amie, c'est un véritable triomphe! Vous avez subjugué l'opposition. Pour une fois, tous les journaux sont unanimes. Les boulangistes voient en vous celle qui succédera à Hortense Schneider! Au fait, avez-vous vu le duc de Dino? Il paraît que vous l'avez bouleversé... et pourtant, il en a vu d'autres!...

Il leva la tête, attendant une réponse qui ne vint pas. De son côté Hortense, immobile, fixait son miroir d'un air rêveur.

-Je vous demande si vous avez reçu la visite du duc de Dino.

Hortense se leva, entra dans la cuisine et resta quelques instants sans répondre, les yeux dans le vague. Puis, brusquement, elle revint à la réalité:

-Excusez-moi!... Vous disiez?
-Le duc de Dino, insista le Marquis.
-Quoi donc?
-Mais enfin... L'avez-vous vu? Est-il venu?
-Non... je ne crois pas.

Elle se mit à repasser une robe sur la table de la cuisine. Le Marquis, surpris par l'attitude de la jeune femme, s'approcha d'elle:

-Comment, vous ne croyez pas? Enfin, Hortense, que se passe-t-il? Vous ne paraissez pas dans votre état normal.

-Rien... pourquoi?

-Je vous parle. Vous ne semblez pas entendre. Vous ne répondez pas. Habituellement vous êtes si gaie! Avez-vous des soucis? Vous pouvez bien le dire à votre vieil ami!

Hortense le regarda avec une sorte de stupeur triste et répondit, comme faisant un constat:

-Je suis heureuse!

A ces mots, le Marquis s'esclaffa:

-Ah! mais vous pouvez l'être! Dans moins d'un an je suis sûr que Samuel vous engagera aux Variétés. Et alors une magnifique carrière s'ouvrira devant vous.

Hortense fit la moue et haussa les épaules:

-Ça, je m'en fiche royalement!.. Vous ne comprenez pas? Mais je suis heureuse parce que je suis amoureuse. Là! Vous êtes content?

L'air ahuri du Marquis la fit rire. Celui-ci balbutiait:

-Amoureuse?... Vous?... Comment?... Où?... Depuis quand?...

Hortense, le regard de nouveau perdu dans ses souvenirs, répondit:

-Depuis hier soir... à minuit moins dix!

Le Marquis remarqua avec une pointe d'ironie:

-Quelle précision! Et puis-je savoir de qui, sans être indiscret?

-Mais... d'un monsieur, voyons!

Le Marquis sourit:

-Je l'espère bien!... et... il est beau?

-Je ne lui ai pas demandé!

-Vous devriez pourtant le savoir. Ça se voit ce genre de chose!... Jeune?

-Je crois.

-Riche?

-Oh! cela m'étonnerait. Il ne peut se payer que des strapontins! Et puis, quelle importance!

-Intelligent?

-J'en ai l'impression. En tout cas, il a le sens de l'humour.

Toutes les réponses d'Hortense avaient été données d'une voix pensive. Elle se mit à rêver pendant quelques instants, puis, revenant sur terre, elle se remit à son repassage. Le

Marquis l'aidait machinalement. Il insista:

-C'est un être extrêmement vague que vous me décrivez là. Où l'avez-vous connu?

-Dans la rue, sur le trottoir.

-Oh! fit le vieil homme un peu choqué, ce n'est point un endroit pour faire des rencontres! Mais que faisiez-vous tous les deux, dans la rue?

-On s'attendait, probablement!

Le Marquis était un peu agacé par ces réponses vagues:

-Mais enfin... soyez plus précise... Comment est-il?

Tout d'un coup rayonnante, Hortense énuméra:

-Il est jeune, fort, intelligent, cultivé, sensible, honnête, joli garçon, aimable, spirituel... que sais-je moi? Il est unique au monde puisque je l'aime!

Le Marquis sourit tristement et dit, sur un ton badin:

-Mais c'est tout mon portrait que vous faites là... enfin, moi, tel que j'étais, et que j'aurais pu redevenir si vous m'aimiez.

Hortense émue:

-Mais, mon très cher Marquis, je vous aime!

-Oui, vous m'aimez... tout en ne m'aimant pas! Et lui? Vous aime-t-il?

La jeune femme le regarda l'air soudainement effrayé:

-Ça je ne le sais pas... C'est la surprise... C'est moi qui ai commencé... Oh! si vous saviez... ce serait trop beau!

Elle éclata en sanglots. Le Marquis l'enveloppa paternellement de ses bras et la consola:

-Très chère Hortense! Comment pouvez-vous en douter? Quel homme serait assez stupide pour ne pas tomber amoureux de vous. Il vous aime, je vous le jure!

Hortense se sépara de lui, et sourit à travers ses larmes:
-Oh!, je serais si heureuse si vous disiez vrai!
-Chère enfant, vous ai-je jamais menti?

*

Au même moment, on sonnait à la porte d'entrée de l'hôtel particulier de Catherine d'Aubigny. Baptiste, le valet nouvellement engagé par l'actrice, alla ouvrir et introduisit une dame de grande allure, mais vêtue de façon un peu trop voyante. Elle entra dans le salon, inspecta les lieux d'un air connaisseur, et laissa échapper un oh! d'admiration.
Baptiste lui demanda:
-Madame s'apprêtait à sortir. Qui dois-je annoncer?
-Madame Palmyre de Charnadec, dit-elle avec affectation.
Catherine, qui l'avait entendue, cria de l'office:
-C'est vous, Palmyre?... Entrez donc. Je suis à vous tout de suite!
Elle était assise à la table de la cuisine, en toilette de ville, et grignotait une cuisse de poulet qu'elle accompagnait d'un verre de vin rouge. En face d'elle, Doudou, une créole qui lui servait de femme de chambre et de confidente, était assise et partageait son repas. Elle cria:
-Venez, Palmyre. Il y a si longtemps... En voilà des façons de s'annoncer. On est tout de même pas dans le grand monde!
Palmyre apparut dans l'encoignure de la porte, et fut légèrement choquée par le spectacle de familiarité qu'elle avait sous les yeux et qu'elle devait juger incongru.

-Doudou, apporte une chaise à Madame Palmyre, espèce de gourde! Tenez... asseyez-vous.

Elle offrit un morceau de poulet à son amie:

-Une cuisse? Une aile?

-Non merci!

-Un cornichon? Ou alors un verre de vin rouge?

-Merci, j'ai déjeuné. J'ai à vous parler entre quatre yeux!

Catherine réprima un geste d'agacement:

-C'est urgent? Bon, allons-y, mais je suis pressée.

Elle prit la bouteille de vin et son verre, entraîna Palmyre dans le salon puis, se ravisant, appela Doudou:

-Tiens, monte ça dans ma chambre et mets-le à côté de mon lit.

Elle saisit son chapeau et s'en coiffa en se regardant dans un miroir:

-Un verre avant de s'endormir, un en se réveillant. Rien de meilleur pour garder la santé!

Palmyre la toisait avec une moue dédaigneuse. Elle dit:

-Vous avez été remarquable, hier soir... et remarquée. Vous avez séduit un de mes amis... le Prince Boritza.

-Qu'est-ce que c'est encore que ça? Toujours un de vos Bulgares, fit-elle avec une moue de dédaigneuse.

-Non, c'est un Russe, et Prince de surcroît.

-Oh! ils le sont tous. D'ailleurs je n'aime pas les Russes. Je ne comprends pas ce qu'ils baragouinent!

-Le mien est absolument charmant, et de plus il parle parfaitement notre langue, comme tous les nobles de la Sainte Russie. Il a bien quelques petites manies, mais il est très généreux, et il connaît la valeur des instants qu'on veut bien lui accorder. Pouvez-vous le rencontrer demain, entre six et sept?

-Impossible!

-Alors quand?

-Jamais! répliqua Catherine. Elle s'éloigna du miroir et alla choisir une paire de gants dans une boîte posée sur la commode. Palmyre la suivit en insistant:

-Mais ma chère petite Catherine, j'ai donné ma parole d'honneur!..

-Eh bien! Vous la reprendrez. Ça ne devrait pas vous être si difficile!

Palmyre était stupéfaite par le changement qu'elle constatait dans le comportement de l'actrice. Elle insista, une fois de plus, ne comprenant pas les raisons de ce refus inhabituel:

-Mais voyons... ce n'est pas possible!... après ce que j'ai fait pour vous, je pensais... Vous savez, le Prince est tout à fait en mesure de combler vos moindres désirs...

-Justement, depuis quelques mois je n'ai plus aucun désir à combler. Je n'ai même besoin de rien puisque j'ai tout.

Elle appuya ses paroles d'un large geste circulaire du bras et ajouta:

-Et je vais vous apprendre une chose... j'ai tout et en plus je suis amoureuse!

-Qu'est-ce que ça veut dire, amoureuse? s'exclama Palmyre éberluée

-Eh bien! amoureuse quoi! Je savais bien que vous auriez du mal à comprendre ce mot!

Palmyre approuva énergiquement

-Ça oui, chez vous cela a de quoi surprendre. Mais, pour le Prince, ça n'empêche pas!

-Si justement, ça empêche!

-Comment? Vous n'allez pas faire la bêtise de choisir vous-même vos amants!

Catherine la regarda en riant:

-Madame Palmyre, que vous le vouliez ou non, j'aime Armand Villars.

L'entremetteuse parut outrée:

-Quoi! Un homme qui vous donne de l'argent!

-Et vos Princes bulgares et russes, que font-ils? En tout cas, Armand est très très généreux. C'est lui qui m'a offert cet hôtel. Ce n'est pas ma faute s'il est riche. Je vais vous dire, Palmyre, cet homme-là, il mériterait d'être pauvre. Mais il est vraiment trop intelligent pour ça!

-Ça pourrait pourtant lui arriver, et plus vite que vous ne le pensez. Cette affaire du canal de Panama prend des proportions!... Tout Paris en parle, et Armand y est impliqué si l'on en croit la presse. Ce Monsieur Platon, du '*Vengeur*', paraît posséder des dossiers compromettants pour l'élu de votre coeur. Les bruits les plus pessimistes courent sur le compte d'Armand."

-Bah! Les bruits!...

-La grande presse a repris les attaques de Platon. C'est mauvais signe. Vous verrez qu'ils finiront par avoir la peau de Villars.

-La peau de Villars est très coriace. On s'y casse les dents! Et puis ce Platon n'existe pas! Combien voulez-vous parier que, sous peu, Armand l'aura mis dans sa poche?

-Allons, tout cela n'est pas sérieux , fit Palmyre dans un dernier effort pour convaincre Catherine . Vous feriez mieux de laisser tomber Armand. Votre avenir, c'est la Russie.

Armand, c'est déjà du passé!

Les deux femmes sortirent de l'hôtel particulier. Palmyre insista, une dernière fois:

-Alors vous refusez?

-Je n'aime pas la vodka! répondit Catherine en plaisantant.

-Laissez tomber Armand, il est encore temps. Il est cuit.
-Le laisser tomber? Jamais! Je l'aime!"

-On dit ça! Vous parlez comme une midinette, s'exclama Palmyre en montant dans sa voiture. Mais n'oubliez pas! Quand Armand sera en prison, votre amie sera toujours là pour vous faire connaître quelques Bulgares ou quelques Russes! C'est toujours utile.

Catherine la regarda partir, puis fit signe à son landau d'approcher, y monta et donna une adresse au cocher.

*

Hortense ouvrit la porte d'entrée de son logement, et trouva Catherine sur le seuil. Sans esquisser le moindre geste d'étonnement, elle se jeta dans les bras de sa rivale. Catherine releva sa voilette, l'embrassa sur les deux joues et dit:

-Bonjour toi!

Hortense, ravie, répondit:

-Bonjour, vous!

Elles se regardèrent en riant et Catherine demanda:

-Dis-donc, on s'embrasse encore?

-Bien sûr, pourquoi?

Catherine précisa avec un léger ton de reproche:

-Quand même! Tu as exagéré, hier soir. Tes auteurs...

me traiter de putain... j'ai bien failli me fâcher!

-C'est vrai, mais si nous avons l'air de nous ménager, ils ne marcheront plus.

-Tu as peut-être raison. En tout cas ils marchent à fond. Il y avait à l'orchestre un type qui me regardait avec des yeux d'assassin!

-Le coup du champagne... avoue que tu n'y croyais pas trop quand je te l'ai proposé!

A ce moment, un coup de sonnette retentit, et Hortense alla ouvrir. En habitué, Villars entra et baisa la main de la jeune femme:

-Mademoiselle Hortense Fleury, mes hommages du jour. Alors... hier soir? Racontez.

Hortense avait légèrement pâli. Elle répondit avec un tremblement imperceptible dans la voix:

-Il n'y a rien à raconter. J'ai fait la connaissance de Philippe Cabrissade comme vous me l'avez demandé. D'ailleurs son intervention pendant le spectacle a facilité les choses.

Villars fut visiblement satisfait:

-Donc nous sommes dans la place?

Hortense était mal à l'aise sous les questions du banquier. Elle fit un effort pour rester impassible:

-C'est cela!

-Ça a été difficile? demanda Catherine.

Hortense détourna les yeux, alla ouvrir une armoire, prit des escarpins, puis s'assit sur le lit pour s'en chausser en s'efforçant de cacher son émoi derrière une désinvolture affectée:

-Penses-tu... J'ai été très bien... J'ai eu une de ces

phrases à l'emporte-monsieur. Je lui ai dit, en rougissant naturellement... Une femme à toujours un chagrin de côté, à tout hasard!... Il m'a offert à souper!

-Notre chère Hortense a des dons de comédienne, je l'ai toujours dit, fit Villars d'un ton ambigu.

Catherine s'approcha d'elle, intéressée:

-Gentil?

Hortense répondit avec un air d'insouciance excessive qui n'échappa pas à la perspicacité du banquier:

-Pour ce que je veux en faire!

Villars la regarda dans les yeux:

-Il est séduisant, n'est-ce pas? Tout à fait le genre de jeune homme qui plaît aux femmes. Tu ne serais pas amoureuse, par hasard?

-Moi? Vous ne m'en auriez pas parlé, j'aurais continué à l'ignorer! Enfin... il est pas mal! Je dirai même qu'il a une certaine classe.

Elle avait fini de se chausser, se leva et alla se planter devant la porte-fenêtre qui donnait sur la cour-jardin, en tournant le dos à Villars. Celui-ci ajouta:

-Qu'est-ce que je vous disais! Il a même du talent. Si tu le conseillais, avant un an il deviendrait quelqu'un dans la presse.

Hortense se retourna et dit:

-En attendant, il veut votre peau!

-Est-ce qu'il t'aurait dit comment il allait s'y prendre pour l'avoir?

-Il ne m'a rien dit d'autre, et je n'ai pas voulu me trahir en lui posant des questions trop précises. Mais il est très sûr de lui!

-Il est présomptueux, mais sympathique. A son âge on a toutes les audaces et toutes les impudences. Mais une femme comme toi peut exercer sur lui une influence heureuse. Si tu t'y prends bien, je gage qu'avant huit jours nous dînerons tous les quatre ensemble.

Hortense parut dubitative:

-C'est possible.

-C'est certain. Il m'attaque parce qu'il ne me connaît pas. A toi de lui faire comprendre. Toi, tu sais ce que je vaux, et que l'on a tout intérêt à m'avoir de son côté. Mon soutien peut assurer un avenir brillant à un couple ami. Tombe amoureuse si tu le désires, mais ne perds pas de vue ce que j'attends de toi.

Hortense perçut la menace voilée que contenaient les propos du banquier. En effet celui-ci payait largement les services rendus, mais ne permettait jamais qu'on se mette en travers de ses desseins. Elle se sentait prise dans un piège, entre deux hommes implacables, chacun à sa manière. Comment trahir le banquier si puissant sans s'attirer sa vengeance? Villars la prit par les épaules sans la quitter des yeux. Elle lui sourit pour lui cacher ses pensées. Catherine intervint:

-Ça, Armand a toujours été gentil avec toi. Sans lui, tu végéterais toujours à Niort. Il n'était pas obligé d'accéder à ma demande de te faire venir ici et de te payer cet appartement pour nous permettre de monter notre petite histoire, hein, mon chou?

Hortense acquiesça. Armand reprit, d'un air persuasif:

-Le jour ou nous dînerons tous les quatre, je t'offrirai un très beau cadeau. Et ce garçon-là, s'il y consent, j'en ferai un Monsieur. Mais seulement il ne faut pas qu'il se grille. Le chantage, c'est bien gentil quand on est jeune, mais ce sont des méthodes dangereuses...

Hortense l'interrompit:

-Oh! Mais il ne veut pas vous faire chanter!

-Chère petite, innocente et pure! Ne jouons pas sur les mots. Tu penses bien que tout ce battage est destiné à se faire valoir et à profiter de la situation pour se faire payer! Eh bien! Je paierai, mais tout simplement parce que je crois qu'il en vaut la peine.

Hortense avait fini de se préparer. Elle endossa son manteau.

-Où vas-tu?

-Au théâtre. Blondeau a fait changer deux couplets, et il faut que je revoie les enchaînements.

Elle se dirigea vers la porte d'entrée, invitant du geste Villars et Catherine à la suivre. Avant de sortir, le banquier dit aux deux femmes:

-Il est temps de procéder à une réconciliation publique entre vous deux. Vous n'avez désormais plus rien à gagner de continuer à vous invectiver, même si vous y mettez beaucoup d'esprit. Alors... disons demain soir au Café Anglais. Je proposerai la paix.

CHAPITRE 6

La nuit du 19 au 20 novembre pesait comme une chape humide sur Paris. Vers 22 heures, un landau s'arrêta devant le luxueux hôtel particulier du 20 de la rue Murillo, à proximité du parc Monceau. Armand Villars en descendit. La pluie fine et pénétrante le fit frissonner. Il jeta un coup d'oeil vers le ciel, puis alentour. La rue était déserte. Pendant le trajet qui le menait de son domicile à la demeure du Baron Jacques de Reinach, il avait eu le temps de réfléchir. L'appel du Baron allait lui permettre de juger de l'état d'esprit de ce dernier après les dures journées qu'il avait passées. Villars analysait froidement la situation. Il lui faudrait jouer serré car le baron n'était pas homme à se laisser manoeuvrer facilement. Les administrateurs de la Compagnie de Panama tenteraient de se tirer d'affaire en dénonçant leurs complices. Ils n'avaient pas caché leur intention d'impliquer le monde politique dans le scandale, et ne se laisseraient pas accuser de corruption sans dévoiler les noms de leurs commanditaires et ceux des corrompus. Cette menace avait de quoi le faire réfléchir. Le gouvernement risquait sa tête. Villars voulait s'assurer que son propre nom ne figurait pas sur la liste des corrupteurs puisque l'interpellation de Delachaume paraissait inévitable. Il avait eu un long entretien avec Cottu, l'un des principaux administrateurs de la Compagnie. Les deux hommes étaient convenus que le Baron était la victime expiatoire idéale susceptible de détourner la vindicte populaire. Il savait que l'image de Reinach avait été sérieusement ternie par les attaques de '*La Libre Parole*' et de '*La Cocarde*', et que le lâchage de ceux qui auraient pu l'aider en avait fait une proie rêvée. Villars avait dit à Cottu: "Enfonçons de Reinach, et arrangeons-nous ensuite pour qu'il disparaisse de la circulation d'une manière ou d'une autre. L'affaire retombera toute seule. L'opinion publique a la mémoire courte. Les politiques encore plus, surtout quand ça les arrange. Les corrompus pourront se refaire une virginité, et la réputation de Lesseps, notre 'Grand Français', sera sauvegardée!"

C'est donc dans l'expectative que Villars, la tête dans les épaules, se dirigea vers la porte d'entrée de l'immeuble, et sonna. Un valet en grande tenue lui ouvrit la porte. Il s'annonça. L'homme s'effaça:

-Si Monsieur veut se donner la peine d'entrer. Monsieur le Baron attend Monsieur dans la bibliothèque.

Le Baron Jacques de Reinach était plus affalé qu'assis derrière son bureau. Il offrait le spectacle d'un homme en proie à une angoisse incontrôlée qui déformait ses traits. Le gros homme, d'un geste las, fit signe à Villars de s'asseoir dans le fauteuil qui lui faisait face. Ignorant l'invitation, ce dernier se planta devant lui, et contempla flegmatiquement le banquier jadis si puissant et influent, réduit aujourd'hui à l'état de pantin. Il pensa que sa tâche ne serait peut-être pas aussi compliquée qu'il l' avait craint.

-Je suis venu, malgré l'heure tardive, fit-il remarquer.

-Excusez-moi de vous déranger, balbutia le baron. La situation a pris une tournure si grave... et je ne savais plus vers qui me tourner pour un conseil... Vous êtes le seul...

-Vous avez eu de la chance de me trouver chez moi, interrompit Villars laissant percer un soupçon d'impatience dans la voix . Ne pouviez-vous pas attendre à demain?

-Demain il sera trop tard. Le scandale va éclater et risque de nous engloutir tous. Je fais appel à notre amitié...

-J'ose croire, coupa Villars sèchement, que vous m'estimez trop pour me demander d'intervenir en votre faveur.

-Cette affaire risque d'aller très loin et d'éclabousser bon nombre de personnes de notre milieu , dit le Baron. Il faut qu'elles se lèvent pour m'appuyer, sinon nul ne sera épargné.

Villars sourit à la menace à peine voilée:

-Si vous attendez que quelqu'un se lève! Personne ne se lèvera. On est si bien assis, et encore mieux, couché! D'ailleurs n'ayez aucune crainte pour moi. Je maîtrise parfaitement la situation en ce qui me concerne. Bertrand Dumas a essayé de me faire chanter et il s'est cassé les dents. On verra avec Delachaume. Je suis très surpris de vous trouver dans cet état. Regardez-moi, est-ce que je suis inquiet? Les choses ne sont pas si graves. Vous ne manquez pas de moyens pour arrêter tout ça, sans l'aide de personne.

-Vous ne connaissez pas tous les détails...

-J'en connais assez pour savoir que vous vous alarmez peut- être un peu trop!

-Aujourd'hui j'ai brûlé mes dernières cartouches. Ils se liguent tous contre moi , gémit de Reinach. C'est la curée, et c'est moi le gibier. Ils pensent qu'en me chargeant, ils pourront se dédouaner. Tenez... lisez! - ll tendit un exemplaire du dernier numéro de *La Cocarde* à Villars - C'est paru vers sept heures du soir. Ah! ils n'ont pas perdu de temps pour raconter ce qui s'est passé cet après-midi même à la Chambre!"

Villars lut la manchette: " *Le Panama à la Chambre. Les mensonges de Floquet. Les poursuites pour escroquerie contre le baron de Reinach.*" Il réprima un sourire. Le piège se refermait!

De Reinach raconta: La demande d'interpellation sur l'affaire du scandale de Panama ayant été déposée par le boulangiste Delachaume, la Chambre avait été amenée à se prononcer sur sa validité. Delachaume voulait manifestement gêner le gouvernement et les partis républicains. Auparavant, le Procureur Quesnay avait informé le Garde des Sceaux Ricard qu'il s'apprêtait à faire citer de Lesseps, les administrateurs de la Compagnie et de Reinach devant la Première Chambre de la Cour d'Appel. Il en avait en même temps averti le gendre du Baron. Les radicaux avaient mobilisé tout le monde afin de retarder sinon annuler l'interpellation. Le Ministre des Finances Rouvier avait même demandé au député boulangiste de reporter son intervention à huitaine, en vain. Mais on avait tout de même réussi à persuader Ricard de repousser d'une semaine la comparution devant la justice. La partie paraissait gagnée jusqu'à ce que tout fût remis en question dans les dernières minutes de la séance à la Chambre. Floquet, son Président, mis en cause dans l'affaire de corruption, se défendit avec un tel manque de conviction que sa réponse fut interprétée comme un aveu. Barthou, devant les ricanements d'une partie des députés aux dénégations du Président de la Chambre, demanda que la lumière fût faite au plus tôt, et

Floquet ne put faire autrement que d'accepter que l'interpellation ait lieu le surlendemain. '*La Cocarde*' relatait tout cela avec force détails. Ayant lu l'article, Villars fit mine d'être inquiet:

-Hmm, fâcheux, très fâcheux. Floquet est un imbécile et un faible. Sa déculottée vous met dans de sales draps! Il y a peut-être un moyen de rattraper les choses... mais dites-moi comment se sont passées vos dernières démarches?"

-Ricard a chargé le juge Prinet de l'enquête. Il lui a même recommandé de ne se laisser arrêter par aucune considération, même si cela implique ses propres collègues, Rouvier, Freycinet, Loubet. Et même si cela met en cause le Président de la République! Qu'est-ce qui lui prend? Il est devenu fou?

-Non, ironisa Villars, seulement ambitieux. C'est de notoriété publique qu'il lorgne sur la Présidence du Conseil, à la place de Loubet. Mais il n'y a pas de quoi s'inquiéter, vous avez du temps devant vous. Le juge Prinet est connu pour sa lenteur légendaire. Admettez que l'instruction a déjà subi un retard considérable. Tellement que la prescription aurait pu parfaitement survenir sans la campagne de presse qui a contraint le Procureur à remettre le dossier entre les mains du Garde des Sceaux en septembre, après quatre mois de manoeuvres dilatoires!

-Je n'ai malheureusement plus le temps, répondit le Baron. Le juge m'a cuisiné l'autre jour sur mes liens avec Arton, et sur l'argent que j'ai touché de la Compagnie en reconnaissance de mes services. Et voilà que les administrateurs me mettent en cause!

-Tout travail mérite salaire, ce n'est que justice, fit Villars ironiquement. Mais peut-être ont-ils trouvé que vos honoraires étaient un peu excessifs en regard de vos prestations. Et surtout je crois qu'ils vous tiennent grief de l'affaire du Crédit Foncier.

De Reinach eut un haut-le-corps. Comment Villars était-il au courant de cette affaire qui devait rester strictement confidentielle? Le Crédit Foncier, organisme d'Etat, possédait le monopole des obligations à lots qui intéressaient si fortement les administrateurs de la Compagnie. Villars continua pour bien montrer qu'il connaissait l'affaire à fond:

-Le Crédit Foncier était tout à fait opposé aux projets de la Compagnie. Alors, les administrateurs n'ont-ils pas fait appel à vous pour intervenir auprès de cet organisme?

-Mais comment êtes-vous au courant? balbutia le Baron.

Villars ne répondit pas et poursuivit:

-Vous vous faisiez fort de leur obtenir l'appui du Crédit moyennant la modeste somme de 750.000 frs en profitant de votre entregent auprès du Ministre des Finances. Ils vous ont cru, mais vous n'avez rien fait pour justifier vos honoraires! Et de surcroît vous avez refusé de restituer la somme versée. Avouez qu'il y avait de quoi les énerver!

-Je leur ai tout de même rendu 140.000 F, protesta faiblement le Baron.

-Sur les 750.000, et sous la contrainte de Cottu qui menaçait de vous casser la figure! Mais je suis sûr que ce n'est pas sur cette somme que le juge Prinet vous persécute. Vous avez pendant fort longtemps été le conseiller du Ministère des

Finances et de la Compagnie du Canal de Panama. Vous avez été grassement rétribué par ses administrateurs. Dites-moi donc sur quelles sommes portent les interrogations du juge.

-Il voulait savoir à quoi ont servi les 6 millions que m'a versés la Compagnie.

-Ah! et qu'en avez-vous fait? demanda Villars en feignant l'ignorance.

-Comme vous, j'ai longtemps placé des intérêts dans plusieurs syndicats de la Compagnie. Je considérais pouvoir user à ma convenance des bénéfices que j'en tirais! Vous en auriez fait de même à ma place! J'en ai fait bénéficier quelques amis et quelques relations.

-Relations politiques, je présume, coupa Villars. Je reste persuadé que ce n'est que l'effet de votre bon coeur!

"Vieille canaille, pensait-il. Ne me prends pas pour un imbécile, pas moi!" Il ajouta:

-Bien entendu vous n'avez jamais ne fût-ce que suggéré aux bénéficiaires de vos bontés de vous remercier par un vote de complaisance?

-Mon Dieu, qu'allez- vous croire? s'exclama le Baron, la main sur le coeur. Cet après-midi je suis allé voir Rouvier* pour lui faire comprendre combien les accusations dont je suis la cible risquaient de faire beaucoup de tort au gouvernement, et même au régime. Un procès serait catastrophique pour nos institutions, même si nous en sortions

---

Ministre des Finances

blanchis. Je lui ai demandé de faire pression, lui et ses amis Opportunistes, sur Ricard** et sur le Procureur Quesnay pour qu'ils arrêtent l'enquête. Je lui ai bien fait comprendre que si l'on perquisitionnait chez moi, on risquait d'y trouver des dossiers compromettants pour tout le monde!"

Villars riait sous cape: "Pour tout le monde, tu parles!"

-Ensuite je suis allé voir Andrieux, l'ancien Préfet de Police

-Comment? mais vous êtes fou! C'est non seulement un Radical, c'est aussi l'ennemi mortel de Rouvier.

-Je sais, soupira le Baron, mais il a ses entrées à '*La Libre Parole*' qui a entrepris cette odieuse campagne contre moi. Je lui ai fait remarquer qu'après les premiers articles publiés par le dénommé Micros, le journal se trouverait rapidement à court de nouvelles informations. En contrepartie de l'arrêt des attaques sur ma personne, je lui ai proposé de leur remettre la liste des parlementaires corrompus. Ils ont accepté.

-Mais dites donc, combien y a-t-il d'exemplaires de cette liste en circulation?

-Plusieurs. Constans, lorsqu'il était Ministre de l'Intérieur, a reçu des mains des administrateurs de la Compagnie une liste de 104 concussionnaires ayant bénéficié, à des titres divers et pour des sommes variables, de leurs largesses. Il s'est fait un plaisir de la transmettre à son successeur, Emile Loubet, et au Président de la République.

Villars s'esclaffa:

** *Garde des Sceaux*

—A Loubet qui était lui-même sur la liste! Cocasse! Je reconnais bien Constans!

Le banquier qui en connaissait le contenu constatait avec plaisir que les députés et sénateurs y figurant étaient les obligés du seul Baron. Aucune autre liste l'impliquant lui-même n'était en circulation, bien que le juge Prinet eût affirmé qu'il avait près de 500 dossiers sur cette affaire. Il demanda:

—Et encore?

—Andrieux a passé la liste que je destinais à '*La Libre Parole*' à son ami Clemenceau.

—Et c'est tout?

De Reinach, dont la gêne grandissait, s'enfonça encore plus dans son fauteuil. Un long silence s'ensuivit. Villars était glacial. La voix du Baron ne fut plus qu'un murmure:

—J'en ai donné un autre exemplaire à... à Cornelius Herz!

Villars sursauta. L'aveu de son interlocuteur dépassait ses espérances. Néanmoins il prit un air navré:

—Vous avez fait ça? Quelle imprudence! Vous savez aussi bien que moi que c'est un escroc et un maître chanteur. Il n'hésitera pas un instant à s'en servir contre vous si l'occasion se présente. Ma parole, je vous croyais plus habile!

Le baron tenta de se justifier:

—Je... je ne pouvais pas faire autrement. Cornelius me fait chanter!

—Voilà! Qu'est-ce que je vous disais!

—Vous savez que je l'avais recruté pour la Compagnie parce qu'il est l'intime de Grévy, de Freycinet et d'autres personnages influents du gouvernement. Ferdinand de Lesseps lui avait promis 10 millions s'il parvenait à emporter la majorité des députés et des sénateurs dans le premier vote sur l'emprunt à lots. Mais comme il avait échoué, nous ne lui avons pas versé la somme promise. Alors il a prétendu qu'on la lui devait malgré tout et il a menacé de tout dévoiler si nous ne la lui versions pas!

Villars sourit méchamment:

-Somme toute il n'a fait que ce que vous aviez vous-même fait en prenant 750.000 F à la Compagnie pour obtenir, sans résultat, l'appui du Crédit Foncier!

-Mais en un ou deux ans je lui ai fait gagner plus de 9 millions dans diverses opérations. Et maintenant il s'acharne sur moi! Il a écrit aux administrateurs de la Compagnie que je trichais et que je devais payer les 10 millions ou bien il me ferait sauter, et mes amis avec.

Villars comprit alors pourquoi Cottu s'était mis d'accord avec lui pour enfoncer le Baron. Celui-ci précisa:

-Je lui ai tout de même versé 4 millions sur les 10 qu' il me réclamait!

-Et vous croyez vraiment que ça l'empêchera de vous mettre la corde au cou?

Villars était abasourdi par ce qu'il venait d'entendre. Le Baron, dont il connaissait la réputation de financier retors et impitoyable, lui apparut tout d'un coup comme un être fragile et inconsistant. La campagne de presse et la menace du scandale l' avaient brutalement privé de lucidité. Cela servait ses propres desseins de façon tout à fait inattendue, mais rien dans son attitude ni dans sa voix ne trahissait le sentiment de triomphe qu'il éprouvait. Encore une petite poussée et le grand financier s'effondrerait complètement!

-Vous vous rendez compte de votre incompréhensible légèreté? - Il soupira comme s'il avouait son impuissance - Avec de telles armes entre les mains, ce bandit peut vous faire sauter, et toute votre organisation avec!

-Je sais, je sais! J'avais pourtant réussi à obtenir le silence de la *'La Libre Parole'*. J'espérais qu'on ne parlerait plus de moi. Et voilà que *'La Cocarde'* m'attaque à son tour. Cornelius Herz et Constans sont derrière tout cela. L'un veut ses millions, l'autre veut faire sauter le gouvernement à travers moi car il vise la Présidence du Conseil. J'ai prié Clemenceau et Rouvier de m'accompagner chez Cornelius pour lui demander de faire cesser les attaques. Cornelius m'a répondu que si je lui avais versé à temps les 6 millions que je lui devais, il aurait pu intervenir. Mais maintenant il est trop tard! Alors, en désespoir de cause je suis allé chez Constans. Lui aussi a refusé.

-Revenons-en à votre interrogatoire par le juge Prinet. Que lui avez-vous livré?

-Rien du tout. Je lui ai simplement dit que je mettais mes comptes à sa disposition. Il a été très correct. Il m'a laissé partir en m'annonçant qu'il n'enverrait un commissaire perquisitionner chez moi que le lendemain. Cela m'a donné le temps de mettre de l'ordre dans mes papiers!

-Vous voyez, le Procureur est un homme d'une lenteur fort civile!

-C'est vrai! En fait, le-dit commissaire ne s'est présenté que 3 ou 4 jours plus tard, alors que j'étais parti me reposer dans le Midi!

-Je suppose que votre départ c'était pour donner le change aux parlementaires que vous aviez mis sur la sellette en donnant la liste des 104 chéquards à Andrieux pour faire taire la '*La Libre Parole*'! Alors vous voyez, la situation n'est pas si grave, que diable!

De Reinach secoua la tête en dénégation:

-Si, je vous l'assure! Je viens d'avoir une entrevue fort pénible avec mon gendre Joseph. Le Procureur Quesnay, ne pouvant faire autrement que me citer à comparaître dès lundi prochain, venait de le prévenir. La citation devait m'être notifiée aujourd'hui, mais Loubet a manoeuvré le Procureur pour retarder l'échéance. Joseph a été absolument ignoble, m'accusant d'avoir déshonoré la famille et de lui coûter un poste d'ambassadeur! Vous voyez, je suis perdu. Tout le monde se ligue contre moi!

Un silence pesant s'établit. L'ombre s'était épaissie entre les deux hommes. Villars paraissait plongé dans ses pensées. Il analysait la situation avec froideur. Il avait réussi à savoir ce qu'il voulait. Lui-même était hors de cause. Toutes les apparences étaient contre le Baron. Aux yeux de tous ce dernier était le *deus ex machina* de la corruption, celui par qui le scandale était arrivé. L'homme qui avait, de notoriété publique, régné sur les finances de la Compagnie, n'était plus qu'une baudruche. Il suffisait d'un coup d'épingle...

Le Baron posait sur son interlocuteur un regard suppliant, espérant un ultime secours. Ce dernier se leva et se pencha au-dessus du bureau. Dominant de Reinach de toute sa hauteur, le visage totalement inexpressif, l'oeil sévère il dit tout bas:

-Tout cela est très fâcheux! Votre affolement m'étonne.

Après tout qu'est-ce qu'un scandale de plus! Vous êtes trop rompu aux dessous de la finance pour vous laisser impressionner ainsi. Tant d'erreurs commises! Ces visites à des personnages douteux, plus ou moins impliqués dans le scandale et qui ont tout intérêt à vous enfoncer aux yeux de l'opinion publique! Vous êtes devenu le parfait bouc émissaire qui leur permettra de se dédouaner. Et puis... - Villars fit une pause avant d'asséner le coup de grâce - l'idée d'éliminer Cornelius physiquement n'était peut-être pas mauvaise, au départ. Encore eût-il été judicieux de mieux choisir votre tueur et de vous assurer que ce n'était pas un bavard!

De Reinach était effaré:

-Comment... comment avez-vous su cela?

-Mon cher, je me fais un devoir d'être informé de tout ce qui touche à mes intérêts! Cornélius a appris, et je me demande par qui, que vous aviez projeté d'attenter à sa vie. Il peut vous faire envoyer en prison quand bon lui semblera, et cela m'étonnerait qu'il laisse passer l'occasion de se venger!

-Mais... mais je ne suis pas un assassin!

-Vous êtes le commanditaire. C'est tout comme. Hélas, je suis bien obligé de constater que vous êtes perdu, déshonoré... sauf...

-Sauf? murmura le baron se raccrochant à un ultime espoir.

-La mort éteint l'action de la justice et sauve les mauvaises réputations!

Villars avait prononcé ces mots comme une évidence. Le Baron était livide:

-Vous... vous ne pensez pas ce que vous dites!

-Je pense toujours ce que je dis. Réfléchissez-y. Vous finirez par penser avec moi que c'est la seule porte de sortie qui vous reste!

Ayant prononcé la sentence sans se départir de son calme glacial, Villars se retourna et se dirigea vers la porte, en jetant par-dessus son épaule:

-Ne me raccompagnez pas, je connais le chemin!

Il sortit de l'immeuble. La pluie avait cessé. Il regarda le ciel qui s'était éclaici, monta dans son landau, se cala dans le siège et murmura:

-Voilà une bonne chose de faite. Maintenant, mon petit Cabrissade, à nous deux!

CHAPITRE 7

Etienne sortit du bureau du *Vengeur* et entreprit de descendre l'escalier de bois menant à l'imprimerie. Il s'arrêta brusquement dans sa course. Son visage s'éclaira joyeusement à la vue d'une jeune femme qui venait de pénétrer dans la cour, un exemplaire du dernier numéro du journal à la main. Hortense vérifiait l'adresse. Etienne descendit les dernières marches et se précipita vers elle, tout excité:

-Vous cherchez quelqu'un, Mademoiselle Fleury?

Hortense, à la fois charmée d'être reconnue et un peu gênée, répondit:

-Vous me connaissez?

-Oh la la! si je vous connais! C'était vous le 'Jardin d'Acclimatation' dans 'Paris Etoile', pas vrai?

-Oui. Vous avez vu la revue?"

Etienne était aux anges. Il dévorait Hortense des yeux. Son visage juvénile trahissait son trouble.

-Je n'en manque pas une avec le patron. Nous vous admirons beaucoup!

Il lui tendit une main qu'elle serra gentiment:

-Je cherchais les bureaux du *Vengeur*.

Le jeune homme, sans lâcher la main de la jeune femme, prit un air important:

-Non! c'est vrai? Je m'appelle Etienne. *Le Vengeur* c'est moi, ou tout comme. Qui vouliez-vous voir?

-Monsieur Philippe Cabrissade.

-Le patron? Je suis son secrétaire, son collaborateur,

son homme de confiance, tout quoi!

Hortense sourit et le taquina gentiment:

-Charmée de faire la connaissance de l'homme de confiance de Monsieur Cabrissade!

-Oh! vous vous moquez, dit Etienne un peu dépité.

-Pardonnez-moi. Je ne voulais pas vous froisser. Monsieur Cabrissade n'est pas là?

-Vous tombez mal. Il est rarement au bureau l'après-midi. Mais je peux peut-être le remplacer?

-Hélas non!

Etienne ne cacha pas sa déception, et Hortense ajouta aimablement:

-Croyez que je le regrette.

-Ah! c'est personnel?

-C'est personnel, répondit-elle doucement avec l'air de s'excuser.

Pendant la conversation, les typographes, intrigués par la présence de la belle visiteuse, avaient interrompu leur travail, et l'un d'eux s'écria:

-Alors, Etienne! Ces épreuves, ça vient?

Etienne, qui tenait une liasse de papier à la main, agacé par l'intervention de l'importun, répliqua d'un air important:

-Une minute, ça vient. Vous ne voyez pas que je suis en conférence!

Cette réflexion fit rire les typographes. Hortense reprit:

-Vous ne savez pas où je pourrais joindre votre patron?

-Aujourd'hui, il est à la Chambre, mais auparavant il devait voir Monsieur Delachaume.

-A la Chambre?

-Oui, la Chambre des Députés. Monsieur Delachaume

interpelle le gouvernement au sujet de l'affaire du canal de Panama.

-Ah! Hortense parut contrariée, mais son expression fugace échappa au jeune journaliste qui dit:

-Mais j'y pense! C'est drôle ça, vous êtes là et il y a justement un portrait de vous sur le marbre!

-Non! c'est vrai?

-Si! Le patron a écrit un article sur vous. Je suis sûr qu'il vous plaira... Il est très gentil, le patron, et il n'écrit que la vérité... Vous le connaissez bien?

-Oh! un petit peu, répondit Hortense évasivement.

Un des ouvriers typographes s'approcha d'eux et dit, d'un air goguenard:

-Excusez-moi, Mademoiselle, mais c'est important! Etienne, dans ta chronique tu as mis deux "l" à éléphant. Je supprime le premier ou le second?

Agacé par l'interruption, Etienne lui jeta un coup d'oeil furibond et répliqua vertement:

-Laisse les deux. C'est un éléphant volant!

L'autre s'esclaffa en s'éloignant.

-Ils sont bêtes, dit le jeune homme en haussant les épaules. Hortense le regardait en souriant, et il se mit à rire:

-On dirait qu'ils sont jaloux!

Hortense fit mine de prendre congé, mais il continua de parler avec volubilité:

-Le patron, il rédige le journal à lui tout seul... enfin presque... je l'aide de temps en temps... je publie un article philosophique que je signe Socrate. Lui, il signe Monsieur Platon.

-Ah! il signe Monsieur Platon?... C'est intéressant ça.

Vous semblez apprécier les philosophes grecs.
-Ça fait bien, n'est-ce pas?"
La jeune femme se mit à rire à cette réflexion naïve:
-Oui! très bien - et elle continua d'un air résolu - Je vais de ce pas à la Chambre. Peut-être aurai-je la chance de le rencontrer.
-Mais vous n'avez pas de carte!
-Une carte?
-Oui, sans une carte, les huissiers ne vous laisseront pas entrer.
Hortense lui lança un regard langoureux, en clignant de l'oeil:
-Vous croyez? Même en insistant un peu?
-S'il n'en tenait qu'à moi! dit le jeune homme avec fougue. Mais ce sont tous des vieux barbons!
Hortense lui serra la main et s'apprêta à partir, mais Etienne la retenait en l'accompagnant vers la sortie.
-Je lui dirai que vous êtes venue. Vous savez, lui et moi sommes comme deux doigts d'une main!
Une voix leur parvint de l'atelier:
-Etienne, n'oublie pas que Sophie vient te chercher pour dîner!
-Ils continuent, pour me faire enrager. Mais ce n'est pas vrai. Ils sont bêtes! Alors - avec une pointe de regret dans la voix - à bientôt?"
-A bientôt Etienne, répondit Hortense avec un air charmeur. Vous êtes un gentil garçon. Soyez bien sage avec Sophie!
Etienne la regarda s'éloigner. Il se dit que le patron avait bien de la chance!

Hortense arriva au Palais Bourbon tôt dans l'après-midi. Elle chercha longtemps Philippe Cabrissade et l'aperçut finalement dans le vestibule, en conversation animée avec un petit homme aux traits nerveux. Elle s'approcha sans que Philippe ne la vît et l'entendit dire à son interlocuteur:

-Je sors de chez Delachaume. Il a l'air très remonté, et m'a assuré qu'il ne ferait pas de cadeaux. Je lui ai dit qu'il pouvait attaquer Villars, puisque j'ai en main les preuves que je t'ai montrées, et qui témoignent de sa collusion avec l'administration et les milieux politiques.

-Ce qui m'ennuie un peu, c'est que les talons de chèques sont de la main de Fribourg et domiciliés au Comptoir pour l'Industrie.

-Tout le monde sait que Fribourg est l'âme damnée de Villars. La preuve est faite qu'il a versé d'importantes sommes à des hauts fonctionnaires pour obtenir des marchés, et qu'il a corrompu quelques parlementaires, ceux que l'on rencontre dans l'entourage de Villars et de Catherine d'Aubigny. Tout cela est cousu de fil blanc. Mis en cause personnellement, Fribourg craquera.

-Peut-être as-tu raison. Je sais Fribourg fragile, fit le petit homme qui s'interrompit en apercevant Hortense qui écoutait leur conversation.

Philippe suivit le regard et, surpris, s'exclama avec une joie non feinte:

-Mademoiselle Fleury! Mais que faites-vous ici?... Laissez-moi vous présenter mon confrère, ami, et en quelque sorte maître, l'honorable Henri Chateau-Gombert, plus connu sous le pseudonyme de Chabert, grand pourfendeur de corrupteurs, tricheurs et autres aigrefins de la politique et de la haute finance!

Chabert baisa la main que lui tendit Hortense, et lui dit galamment:

-Ah! chère Mademoiselle Fleury. Je suis l'un de vos admirateurs inconditionnels. Même si je ne viens qu'au second rang, le premier étant réservé à mon ami ici présent!

Il accompagna son compliment d'un petit sourire complice. Mais les deux jeunes gens se regardaient avec une telle intensité qu'il ajouta:

-Hum! J'aperçois mon confrère Dutilleux à qui j'ai quelques mots à dire. Veuillez m'excuser!

Il s'éclipsa prestement. Il y eut un moment de silence entre Philippe qui n'en croyait pas ses yeux, et Hortense ravie de l'avoir retrouvé. Le journaliste reprit le premier ses esprits:

-Que faites-vous ici? Je n'aurais jamais pensé vous rencontrer dans un endroit pareil.

Hortense baissa les yeux, et surmontant soudain un sentiment de gêne, murmura:

-Je... Je vous cherchais.

-Vous me cherchiez! Mais qui donc vous a dit que j'étais ici?

-Etienne.

-Ah! et ce n'est pas seulement pour me voir?

Le vacarme et la bousculade qui régnaient dans le vestibule rendaient leur conversation malaisée. Philippe prit le bras de la jeune femme et l'entraîna dans un couloir plus tranquille.

-Il y avait trop de bruit, on ne s'entendait plus. Alors, que puis-je faire pour vous?

Hortense paraissait toujours mal à l'aise. Elle n'avait pas l'habitude de prendre de telles initiatives auprès des hommes, et s'était lancée sans trop réfléchir dans cette aventure qui allait contre sa nature intime. Mais elle y avait été poussée par un sentiment puissant et irraisonné. Elle demanda à voix basse:

-Vous êtes bien rentré hier soir?

Philippe comprit enfin les raisons de la gêne de la jeune femme. Il sourit intérieurement et dit d'un air faussement badin:

-Très bien, merci! Et alors?... c'est si difficile à dire? S'agit-il d'un service?

Hortense se récria avec horreur:

-Mon Dieu non! Qu'allez-vous penser?

-Alors, c'est grave?

Elle hésita, puis se lança:

-Peut-être!... J'avais envie de vous revoir.

Philippe la regarda intensément dans les yeux, et s'approcha très près d'elle.

-Ça, c'est très grave!... et pourquoi?

La voix d'Hortense se fit toute petite:

-Mais pour rien! Comme ça!

Il la saisit par les deux bras doucement et dit:

-Pour rien! Comme ça? Savez-vous que c'est adorable ce que vous me dites là?

Au geste d'affection de Philippe, le visage d'Hortense se mit à resplendir de bonheur:

-Vous m'avez dit des choses si touchantes, hier soir... Vous vous souvenez?

-J'ai une mémoire formidable!

-Avez-vous pensé à moi... un tout petit peu?

-Oh! Mademoiselle, que voilà une question bien indiscrète... Oui! j'ai pensé à vous... beaucoup!..

Il serra fort les bras d'Hortense. Elle lui souffla:

-Vous allez mal me juger!"

Le regard de Philippe se fit très doux, et il répondit avec sincérité:

-Comment mal vous juger? Je pense que vous êtes une bien jolie dame, qui a beaucoup de talent et un charme fou propre à séduire n'importe quel homme, fût-il le plus indigne de vos pensées!

Elle rayonnait:

-Alors... je ne vous suis pas indifférente?

-Hortense, pouviez-vous en douter un seul instant?

A cet instant, leur charmant colloque fut interrompu par Chabert:

-Hum! les tourtereaux, je suis navré de couper court à une conversation qui semble vous soustraire à la réalité bassement quotidienne, mais la séance ne va pas tarder à commencer, et si vous voulez être convenablement placés dans la tribune de presse...

-Vas-y mon ami. Mademoiselle Fleury n'a pas de carte. Je l'emmène dans la tribune du public et je reste avec elle. J'y serai aussi bien pour suivre les débats.

-C'est bon! Je vous revois à la suspension de séance. A tout à l'heure.

Le charme était momentanément rompu. Manifestement Philippe était repris par ses préoccupations journalistiques. En conduisant Hortense à la tribune du public, il la questionna:

-Etiez-vous là quand on a prononcé le nom de l'ami de la d'Aubigny?

Après quelques secondes d'hésitation, Hortense répondit par l'affirmative. Le journaliste reprit:

-Eh bien, vous allez voir qu'à la Chambre, on peut s'interpeller avec encore plus de violence qu'aux Divertissements Comiques... mais les orateurs sont moins jolis! A propos, si je puis me permettre, faites-moi le plaisir d'abandonner ces scandales oratoires périodiques avec miss Villars!

-Mais pourquoi? demanda Hortense.

-Ces plaisanteries sont au-dessous de vous. Vous valez mieux que cela. Et puis, si j'accepte que l'on dise LA d'Aubigny, je ne supporte pas que l'on puisse dire LA Fleury!

-Mais cette d'Aubigny recommencera! Et je refuse qu'elle ait le dernier mot. C'est important.

Philippe s'exclama, mi-sérieux, mi-comique:

-Oh! effectivement c'est fort important! Eh bien! ayez le dernier mot une fois pour toutes, et ensuite tournez la page... Promis?

-Alors je m'incline, dit Hortense soumise. Après demain il y a une première, et ensuite elle va fêter son anniversaire au Café Anglais. J'y serai pour en finir!

-Son anniversaire? Quel âge a-t-elle donc?

-Au moins trente ans, mais elle en avoue vingt-deux!

-Mon Dieu! quelle vieille chose! plaisanta Philippe. Eh bien! je vous accompagnerai au Café Anglais. Mais en attendant, nous allons assister à un numéro de voltigeurs comiques qu'il ne faut pas manquer!

Ils s'étaient installés difficilement dans la tribune bondée, où une assistance essentiellement féminine se pressait comme pour assister à une séance de cirque. Philippe se pencha vers Hortense:

-Voyez comme les femmes aiment l'odeur du sang!

Elles viennent ici pour assister à une mise à mort, tout en espérant que le dompteur sera lui aussi dévoré.

-Mais vous êtes misogyne!

-En ai-je vraiment l'air? Détrompez-vous, j'adore les femmes, même celles qui se délectent de la vue du sang!

Sous le plafond vitré, l'hémicycle, jusqu'alors vide, commença de se remplir. Il régnait dans les rangs des députés une animation fiévreuse. Ils arrivaient en petits groupes par affinités politiques, s'étant consultés avant de rejoindre leurs sièges, commentant parfois avec vigueur les articles de *La Libre Parole*. On supputait le montant des sommes touchées par certains parlementaires qui avaient vendu leur vote. On spéculait sur le renversement du cabinet Loubet. Les uns montraient des mines réjouies, criant haut et fort qu'on allait faire oeuvre de salubrité publique. D'autres avaient du mal à cacher leur inquiétude, muets, le visage congestionné par la peur d'être trahis par les corrupteurs aux abois, d'être interpellés, et de se voir accusés de forfaiture devant l'opinion publique. Serval, membre influent du parti radical, passait dans les rangs de ces derniers pour leur recommander le calme.

Philippe désignait chaque député important à Hortense, accompagnant parfois son nom d'un bref commentaire:

-Les deux qui viennent d'entrer, ce sont Dubreuil et Chapron, députés Opportunistes qui ne doivent pas être mécontents de la tournure des événements, comme le montrent leurs mines hilares. Là-bas, au troisième rang, en train de s'asseoir, c'est Potier, un Radical qui pourrait bien avoir des ennuis tout à l'heure. Plutôt sombre, n'est-ce pas! Un peu plus loin, sur sa droite, l'homme avec une lavallière bleue et une fleur à la boutonnière, c'est Dugué de la Fauconnerie, un

Bonapartiste qui faisait partie de la commission chargée d'étudier le dossier de l'emprunt à lots de 87. On ne sait pas vraiment comment il a voté, mais des bruits persistants prétendent qu'il a touché pour donner un avis favorable. C'est en tout cas ce qu'affirme Chabert, et mon ami n'avance jamais rien qu'il ne puisse prouver. Tenez! celui qui entre maintenant dans l'hémicycle, c'est Thevenet, lui aussi membre de la commission et fortement suspecté de concussion. En bas, vous voyez le banc des ministres où vient d'arriver Louis Ricard, le Garde des Sceaux, celui avec les grands favoris. C'est lui qui aurait pratiquement forcé le gouvernement d'accepter à contre-coeur de poursuivre de Lesseps, son fils et les autres administrateurs de la Compagnie de Panama. Il paraît qu'il a fait peur à ses collègues en brandissant le spectre du scandale. Est-il vraiment sincère? Ou bien a-t-il flairé les avantages que pourrait lui procurer une réputation d'incorruptibilité pour son avenir politique? Allez savoir! Le résultat est là. Ah! voilà Emile Loubet, le Président du Conseil. On le soupçonne fort d'avoir, avec l'aide du Président de la République lui-même, retardé le cours de la justice pour protéger de Lesseps en conseillant à Ricard d'abandonner les poursuites. Mais la 'Belle Fatma', comme on appelle ce dernier, poussé par la campagne de presse, a fait la sourde oreille!"

Hortense se mit à rire:

'La Belle Fatma'! Mais pourquoi ce nom ridicule?

-Parce que son allure rappelle celle d'une célèbre dame adepte des concours de beauté. Vous ne connaissez pas?

-Non. Vous en savez des choses!

-C'est le côté trivial du journalisme. Tenez! saviez-vous que notre 'Grand Français', Ferdinand de Lesseps, est très friand de jeunes filles maigres!

-Quelle horreur! s'exclama Hortence, choquée.

Philippe en riant se pencha et lui dit à l'oreille:

"Ne vous faites pas de soucis. Ce n'est pas mon cas!"

"Je l'espère bien!"

Le journaliste reprit son sérieux et ajouta:

-Bon, l'hémicycle est presque plein. Peu de députés manquent à l'appel. On n'attend plus que le Président de l'Assemblée.

Comme Philippe prononçait ces mots, Charles Floquet fit son entrée dans la salle. Il était visible que l'homme n'était pas tout à fait dans son état normal. Soucieux, pâle, les traits tirés, il jetait des coups d'oeil inquiets alentour. Il remarqua avec une certaine anxiété que les tribunes de la presse et du public étaient bondées. Il gardait manifestement un mauvais souvenir de la séance de la veille, au cours de laquelle venait en discussion l'interpellation de Delachaume. Il n'avait pas réussi à l'enterrer et, mis en cause, il avait même été contraint de se justifier devant les députés. Sa profession de foi, faite dans une atmosphère houleuse, avait été ressentie comme un aveu, et avait déclenché les rires de la majorité des députés présents. Il monta pesamment les marches qui le menaient au perchoir, s'assit péniblement et ouvrit la séance d'un long coup de sonnette. Le procès-verbal fut lu et l'on expédia rapidement une question sesondaire. Puis le Président annonça:

-Le Gouvernement ayant accepté l'interpellation de Monsieur Delachaume, la parole est au Député d'Indre-et-Loire!

Le député Boulangiste se leva et, d'un pas décidé, monta à la tribune. Il posa calmement, en prenant son temps, une liasse de feuillets devant lui, ajusta son binocle et jeta un regard autour de lui. Puis sa voix ample, calme et déterminée d'orateur accompli résonna dans l'hémicycle:

-Monsieur le Président, Monsieur le Président du Conseil, Messieurs et chers collègues! Votre serviteur s'est toujours tenu aux côtés de la justice et de la probité. Je vous rappelle que, dans le temps, j'ai voté la destitution de Daniel Wilson pour le rôle primordial qu'il a joué dans le scandale des décorations...

Une voix l'interrompit, qui venait des rangs des Opportunistes:

-Encore un Radical, comme par hasard!

Mouvements divers chez les Radicaux qui protestèrent vivement contre l'insinuation. Delachaume fit un geste d'apaisement:

-Messieurs, messieurs! tout cela c'est du passé. Si j'ai fait allusion à cette pénible affaire, c'est que, précisément, elle n'impliquait qu'un seul homme, un seul pour un péché somme toute véniel!

La voix se fit de nouveau entendre:

-Un homme qui a déshonoré cette Assemblée, en portant la suspicion sur tous ceux qui, par leur courage et leur talent, ont mérité d'être honorés par la République!

-Je ne vois pas très bien ce que Wilson vient faire ici, et quel est le but de Delachaume, murmura Philippe. C'est plutôt curieux comme entrée en matière!

L'interpellateur reprit:

-La raison pour laquelle nous sommes réunis aujourd'hui dépasse justement la culpabilité d'un seul individu. C'est l'honneur de toute la classe politique, votre honneur et le mien, qui se trouvent discrédités dans le scandale du canal de Panama! Et il est intolérable que tous les représentants du peuple qui se trouvent dans cette enceinte soient livrés en pâture à la presse, et à l'opprobre de l'opinion publique! La vénalité de certains ne doit pas rejaillir sur l'intégrité de la majorité!

Il y eut à nouveau des mouvements de protestation dans l'hémicycle. On s'interpellait de banc à banc, et déjà certains réclamaient des noms.

-Je ne suis pas ici - reprit l'interpellateur - pour régler des comptes personnels. Je vous demande seulement d'entreprendre une oeuvre de salubrité intéressant tous les partis!

Un député Radical se leva en fureur et, brandissant un poing vengeur, cria:

-Les Boulangistes n'ont jamais accepté leur déculottée électorale! Alors, ils cherchent à se venger en fouillant dans les poubelles et en remuant un tas de fumier. Le général Boulanger, ce prétendu rassembleur, n'était qu'un général de division!

Un Boulangiste se leva à son tour et répliqua:

-Si nous n'étions pas là, il n'y aurait personne pour remuer ce tas de fumier, dont l'odeur n'a pas l'air de vous incommoder!

-Hypocrite!

Le Président intervint:

-Messieurs, un peu de tenue devant le public. Epargnez-nous les invectives qui sont indignes de cette Assemblée. Ce débat doit se dérouler dans la sérénité et la décence. Continuez Monsieur Delachaume.

"Je viens de le dire, reprit le député d'Indre-et-Loire, cette affaire intéresse tous les partis. Il y avait un grand projet, celui de faire communiquer les deux plus grands océans de la planète...

-Il a surtout fait communiquer des capitaux de la banque à la Chambre, dit Philippe en aparté.

-C'est devenu le gaspillage éhonté, le piratage le plus révoltant du patrimoine des citoyens, des petits épargnants, des besogneux, par des hommes dont la mission était précisément de les défendre et de les protéger! Vous savez tous, mais je vous le rappelle quand même pour la compréhension de ceux qui occupent la tribune du public, que pour émettre un emprunt à lots susceptible de venir en aide à une entreprise moribonde, le vote de cette Assemblée et du Sénat est obligatoire. Il fallait faire une loi. Après une première tentative infructueuse, des financiers se firent forts de l'obtenir en achetant les consciences à vendre, malheureusement il y en avait, dans le Parlement, dans la Magistrature, dans l'Administration et dans la presse. Ils connaissaient jusqu'au chiffre des dettes ou des besoins de ceux qu'ils voulaient acheter. Chacun fut tarifé selon l'importance de l'aide qu'il pouvait apporter. Cinq à six cents personnes furent ainsi arrosées, et, hélas! parmi elles, environ cent cinquante parlementaires!

La voix du député Boulangiste fut alors couverte par un tumulte indescriptible. La plupart des députés s'étaient levés, gesticulaient et s'interpellaient avec violence, prêts à en venir aux mains. Par-dessus ce bruit, on pouvait entendre:

-Vous avez tous des placards pleins de petites choses pas très propres!...

-Quel scandale, faites-le taire!...

-Vous, Monsieur, n'avez-vous pas...
-Vous osez... voyou!...
-Brigand!...
-Filou!...
-On règlera ça sur le pré!...

Les huissiers tentaient de s'interposer. Les injures les plus grossières, les accusations les plus véhémentes fusaient de toute part. Mais le plus grand nombre hurlait:

-Des noms!... des noms!...

Le Président Floquet essayait d'obtenir le silence, et ce ne fut qu'après de longues minutes que le tumulte se calma progressivement, prêt à repartir à la moindre étincelle. Delachaume reprit:

-Je le répète, je ne veux régler aucun compte personnel ou politique avec les membres de cette honorable Assemblée. Mais vous connaissez aussi bien que moi le nom d'un des principaux financiers en cause, le Baron Jacques de Reinach!

La voix de l'orateur, maître de ses effets, s'était enflée progressivement jusqu'à clamer le nom du banquier.

Un journaliste cria, du haut de la tribune de la presse:

-Le Baron de Reinach a été suicidé!

Cette remarque déclencha les rires du public. Le Président intervint d'un air outré:

-Je ne tolérerai aucune manifestation de la part de personnes qui ne sont que les invités de cette Assemblée! et s'adressant à l'interpellateur, le Baron de Reinach étant décédé, ayez la décence de ne pas citer son nom. Dois-je vous rappeler que la mort éteint toute action de justice?

-Ma foi fort opportunément! répliqua sèchement Delachaume. Je ne citerai donc pas le nom du Baron Jacques de Reinach à qui la mort a donné un blanc-seing! J'ai d'autres corrupteurs qui, eux, sont bien vivants, à offrir à votre vindicte. Quelques-uns des plus grands noms de la banque française et internationale: Heine, Oberndoerffer, Prosper Crabbe, Georges May, Morel Kahn pour ne citer que ceux-là. Chacun a joué un rôle dans cette affaire. Chacun a tiré des bénéfices éhontés sur le dos de la Compagnie de Panama. Et que dire de Lévy-Crémieux, conseiller de ladite Compagnie? N'est-il pas, avec ce défunt Baron dont je ne citerai pas le nom, et ses acolytes Cornelius Herz et Emile Arton, particulièrement soupçonné de collusion avec certains milieux politiques, quand fut présenté le projet d'emprunt à lots?

Une nouvelle fois il fut interrompu par une voix provenant de la tribune de presse:

-Et Armand Villars! Vous oubliez Armand Villars!

-J'y venais! répliqua l'interpellateur. On m'a fourni aujourd'hui même la preuve que cet individu, véritable aigrefin de la finance, est l'un des principaux corrupteurs. Qu'il a, sous de multiples casquettes, largement bénéficié de la gabegie de la Compagnie de Panama, au titre de banquier, de chef d'une entreprise de Travaux Publics, d'actionnaire de la société La Dynamite, et d'autres sociétés présentes sur ce marché, et enfin comme patron de presse ce qui lui a permis de peser sur les décisions des petits épargnants!"

Un député Opportuniste se leva et apostropha Delachaume:

-Vous nommez les corrupteurs, mais vous taisez le nom des corrompus. Nous exigeons des noms!

-Des noms! des noms! scandèrent Boulangistes et Opportunistes.

-Vous voulez des noms?

-Oui! des noms! des noms! répondirent les députés.

-La liste est longue! Je vous propose une devinette, à titre d'exemple. Souvenez-vous... la commission parlementaire désignée pour étudier la validité du projet de loi sur l'emprunt à lots sollicité par les administrateurs de la Compagnie de Panama pour tenter de renflouer une société déjà moribonde comme je l'ai dit, cette commission était constituée de onze membres. Cinq de ceux-ci étaient favorables à l'adoption de la loi, cinq y étaient opposés. Du onzième dépendait la décision. Ce onzième, Messieurs, se rendit au siège même de la Compagnie, et demanda deux cent mille francs en contrepartie de son vote. Cela lui fut refusé. Alors, profitant de sa complicité avec un banquier de renom, il fonda un syndicat financier qui joua les actions du Panama à la baisse, en comptant sur le rejet de la loi par son vote. Le banquier se débarrassa en hâte de plusieurs milliers de titres de la Compagnie. Les administrateurs, affolés par le désastre qui menaçait, envoyèrent un de leurs agents, le dénommé Arton, aujourd'hui en fuite, à la Chambre. Celui-ci proposa cent mille francs à notre député qui refusa cette aumône. C'étaient deux cent mille... et ce furent deux cent mille! Le projet de loi fut adopté par la commission, par six voix contre cinq!

Il y a, cependant, une morale à cette histoire. Notre député avait oublié de prévenir à temps son ami banquier de son revirement subit. Ce dernier continuait de vendre à perte, alors que les titres du Panama remontaient! Il fut quasiment ruiné dans cette opération. Vous le connaissez tous au moins par le nom. C'est Jacques Meyer! Et vous savez qui était son bon ami!

En prononçant ces dernières paroles, Delachaume s'était

ostensiblement tourné vers Thevenet qui était livide. Celui-ci se leva et hurla de fureur:

-C'est une calomnie! Retirez votre accusation!

Delachaume tendit un doigt vengeur et reprit:

-Le 26 juin 1888, la Compagnie publia une brochure intitulée *Notes et Documents*. Elle vous remerciait, vous, entre autres, de votre dévouement pour la bonne cause, et vous félicitait pour votre patriotisme. Ce n'était tout de même pas sans raison!

-Je n'ai fait que suivre la voix de ma conscience en apportant mon vote en faveur de la loi!

-La voix de votre conscience, ou bien celle de votre portefeuille?

-Taisez-vous - cria Thevenet - vous n'êtes qu'un ignoble diffamateur!

-Je pourrais vous demander pourquoi la justice, à ce moment-là, a fait preuve d'un singulier manque de zèle dans cette affaire. N'était-ce pas parce que vous étiez, alors, son Ministre? Je suis prêt à demander une enquête pour vérifier mes dires...

La voix de Delachaume fut à nouveau couverte par un chahut indescriptible. Les partisans et les opposants de l'orateur s'affrontaient et s'apostrophaient:

-C'est une honte, vous insultez l'ensemble de la classe politique!

-Vous avez un certain culot!...

-Vendu!... Escroc!...

-Vendu vous-même!...

Les députés qui se sentaient visés par l'interpellateur réagissaient de diverses manières. Certains restaient muets, affalés sur leurs sièges, comme écrasés par les accusations. D'autres tentaient de donner le change, s'esclaffant en haussant les épaules. D'autres, enfin, se levaient, gesticulaient d'un air outragé, et vociféraient des insultes à l'adresse de Delachaume. Le Président Floquet était de ceux-ci, et non des moins violents. Pendant une dizaine de minutes, la Chambre donna le spectacle d'une foire d'empoigne où s'affrontaient des belligérants animés d'une violence verbale extrême qui, en dépit de l'intervention des huissiers, menaçait de devenir physique. Un calme relatif finit cependant par se rétablir. Alors, un vieux député rompu aux joutes parlementaires s'adressa à Delachaume:

-Monsieur, vous ne pouvez quitter la tribune sans donner d'autres noms. Sinon, vos accusations sont sans fondement!

Delachaume refusa du geste. Le Président Floquet, sentant que l'interpellateur n'était pas prêt à aller plus loin, vit là une porte de sortie. Il dit d'une voix rafermie:

-Une dernière fois, Monsieur Delachaume, je vous somme de nous donner le nom des corrompus, ou de vous taire à jamais!

Il y eut un silence pendant lequel Delachaume parut hésiter sur la conduite à tenir. Puis son expression changea, et c'est, le regard accusateur, qu'il se tourna vers le Président et dit froidement:

-Je m'étonne, Monsieur le Président, qu'après avoir été mis en cause hier et personnellement ici même, vous ne vous joigniez pas à moi pour exiger une enquête parlementaire! Vous vous êtes porté garant de l'honorabilité de Ferdinand de Lesseps. Vous avez conseillé au Procureur Général Quesnay de Beaurepaire de fournir un second rapport démentant celui qui accusait l'ingénieur. Vous avez demandé au Garde des Sceaux, ici présent, d'abandonner les poursuites. Vous avez ainsi tenté de retarder l'action de la justice!"

Le Président de la Chambre fut frappé de stupeur par cette attaque directe à laquelle il ne s'attendait pas, car Delachaume prenait un risque énorme en agissant de la sorte. La figure cramoisie, au bord de l'apoplexie, les bajoues tremblantes sous l'effet de l'émotion, les yeux larmoyants, il balbutia:

-Puisque vous me nommez injustement, je voterai en faveur de la constitution d'une commission d'enquête parlementaire!

-Je n'en attendais pas moins du troisième personnage de l'Etat! Les parlementaires présents prendront acte de cet engagement. J'engage moi-même mon honneur. Faites-en autant, Messieurs!

Une voix hargneuse lui répondit:

-Occupez-vous du vôtre, nous nous chargerons du nôtre!

-Il a, en effet, besoin que vous y portiez toute votre attention, répondit Delachaume vertement. Puis, le sourire aux lèvres, il ramassa ses feuillets et descendit de la tribune sous les applaudissements de nombreux collègues

-Allons bon! murmura Philippe dans l'oreille d'Hortense. Il ne manquait plus que ça! Je ne croyais pas Delachaume si candide. A moins qu'il ait décidé de se contenter d'un simulacre d'exécution simplement pour faire tomber le gouvernement!

-Que voulez-vous dire? demanda la jeune femme, peu au fait des subtilités de la politique.

-Je veux dire que c'est le meilleur moyen d'enterrer une affaire, précisa Philippe. Une commission d'enquête, ça n'enquête pas. Ça a tout l'air d'enquêter, mais ça n'enquête pas! Ça enterre!

-Je suis trop naïve pour comprendre ces choses-là, répondit Hortense.

-C'est tout à votre honneur, et je vous préfère ainsi!

CHAPITRE 8

Ce jour même, tard dans la matinée, un rassemblement clairsemé de personnages dont la mise indiquait l'appartenance à la haute société parisienne, battait la semelle devant le caveau de la famille de Reinach au Château de Nivillers. Il faisait froid, et une pluie fine se mêlait au brouillard, ce qui donnait à la scène une allure sinistre. Pendant la cérémonie d'inhumation du Baron de Reinach, Armand Villars se tenait un peu en retrait, l'air ennuyé d'une personne que la bienséance contraint d'effectuer une corvée. Il pensait que le Baron avait manqué d'élégance dans la façon de mettre fin à ses jours. Denfert-Rochereau avait fait preuve de plus de classe en choisissant le revolver. Mais le poison! Ça pouvait laisser libre cours à toutes les interprétations possibles, y compris celle d'un assassinat, car la mort du banquier survenait de façon fort opportune et ne manquerait pas de susciter les insinuations les plus déplaisantes.

Ayant accompli son devoir de condoléance, il rejoignit Joseph de Reinach, le gendre du Baron, qui s'était éloigné de son épouse pour mieux s'entretenir avec lui. Tous deux marchèrent lentement côte à côte en échangeant des propos à voix basse.

-C'est vous qui avez découvert le corps? demanda Villars.

-Oui, très tôt dans la matinée. Je désirais me rendre compte de l'état d'esprit de mon beau-père, après la très dure journée qu'il avait passée la veille, et l'assurer de mon soutien.

-Après votre dispute! Il m'en a parlé.

Joseph de Reinach fut surpris:

-Comment? Quand cela?

-Je lui ai rendu visite tard le soir, à sa demande.

-Ah!...Que voulait-il?

-Seulement être rassuré. Je n'ai pas réussi à le calmer. Quand je l'ai quitté, il m'a paru très abattu, mais je ne me doutais pas qu'il en viendrait à cette extrémité!

-Vous avez donc été le dernier à le voir vivant?

-Peut-être! Mais ce n'est pas sûr.

-Ne craignez-vous pas que cela puisse éveiller les soupçons de la police? Soupçons injustifiés je n'en doute pas!

-Les mêmes qu'elle pourrait nourrir envers celui qui l'aurait trouvé mort! La police n'a pas à connaître ma visite, pas plus qu'à connaître votre dispute avec votre beau-père, n'est-ce pas?

-Ça me paraît être l'évidence même!

Les deux hommes se regardèrent avec un air complice et le gendre reprit:

-D'ailleurs, il ne fait aucun doute que Jacques s'est suicidé. Le médecin a immédiatement délivré le permis d'inhumer.

Villars le regarda d'un air interrogateur:

-Sans demander d'autopsie?

-Sans demander d'autopsie!

-Là, je crains que ce soit une erreur. Si l'on était si sûr du suicide, pourquoi alors ne pas avoir demandé une autopsie et une enquête? Cela aurait coupé court à toute interprétation malveillante!

Joseph de Reinach répondit avec assurance:

-Supposons un instant que la police accrédite la thèse de l'assassinat, le suspect tout désigné serait Cornelius Herz qui le faisait chanter!

-Ah! et pourquoi cela?

-Herz vient de fuir en Angleterre avec tous ses dossiers, alors qu'il n'est nullement inquiété pour l'histoire du Panama. Pourquoi fuir, s'il n'a rien à se reprocher? A moins qu'il n'ait réglé le conflit qui l'opposait à mon beau-père d'une manière, disons violente, en s'apercevant qu'il ne toucherait jamais la somme qu'il lui réclamait. Je n'ai aucune inquiétude, Herz ne réapparaîtra pas de si tôt!

-A condition, bien entendu, qu'on ne trouve pas de papiers compromettants au domicile du Baron!

Joseph de Reinach répondit avec un petit sourire:

-Je suis arrivé chez lui très tôt le matin. La veille, Quesnay de Beaurepaire m'avait prévenu qu'il lui avait envoyé une citation à comparaître. J'ai trouvé mon beau-père mort et j'ai prévenu la police... deux heures plus tard. Il restait un peu de feu dans la cheminée. Tous les dossiers compromettants qui auraient pu servir à la justice ont disparu. Vous comprenez bien qu'en tant que gendre et proche parent du Baron, il était de mon devoir de veiller sur l'honneur et la bonne réputation de la famille!

-Je vous félicite. Vous avez un sens du devoir familial tout à fait remarquable. Il ne fallait surtout pas laisser ternir le nom de Reinach!

-D'autant plus que cela risquait de nuire à ma carrière politique! ajouta Joseph de Reinach.

-Mon cher, la France a besoin d'hommes lucides tels que vous! Vous avez démontré là que vous avez l'étoffe pour réussir en politique! Eh bien! permettez-moi de vous exprimer mes plus sincères condoléances, de vous assurer de toute mon amitié et de toute ma solidarité dans les pénibles circonstances qui nous ont réunis en ces lieux!

Villars serra la main du gendre avec une effusion affectée et se dirigea vers son landau. Il était très satisfait de sa conversation avec Joseph de Reinach. Le piège avait parfaitement fonctionné. Il était important que l'hypothèse du suicide fut retenue et, en se préservant, Joseph de Reinach protégeait aussi les autres acteurs du scandale. La culpabilité du Baron ne ferait plus aucun doute aux yeux de l'opinion. Elle tenait en lui le bouc émissaire idéal, et s'en contenterait probablement. Il ne restait plus qu'à neutraliser Philippe Cabrissade. Ça ne paraissait pas une tâche insurmontable pour le banquier. Dès qu'il en aurait l'occasion. Peut-être ce soir se présenterait-elle?

*

Le soir même, avait lieu la générale de la dernière pièce de Delvaux, auteur à succès, au Théâtre du Vaudeville où se produisait Catherine d'Aubigny. Le Tout-Paris des arts et du spectacle s'était précipité pour cet événement, car la querelle entre Catherine et Hortense avait, depuis la dernière algarade des Divertissements Comiques, attisé la curiosité des amateurs. Plus que jamais les deux clans s'opposaient, et chacun espérait la victoire de sa championne. Cette fois-ci Catherine était en scène, et Hortense serait sûrement dans la salle, au premier rang. Ce n'est cependant qu'au premier entracte que cette dernière, accompagnée de Philippe et du Marquis, fit son apparition. Elle fut applaudie par quelques admirateurs. Attirée par le bruit, Catherine, derrière le rideau de scène, avait jeté un coup d'oeil sur la salle. Armand était à côté d'elle. Il lui rappela:

-N'oublie pas que c'est la dernière. Après la représentation, nous irons tous souper au Café Anglais où aura lieu la réconciliation publique. Il en est temps car une partie des spectateurs s'est montrée franchement hostile l'autre soir, aux Divertissements Comiques. Vous n'obtiendrez plus rien en continuant à vous apostropher. Vos deux carrières sont suffisamment bien lancées... A propos, que va-t-elle dire ce soir?

-Oh! ça je ne sais pas. Nous improvisons en général. Ça fait plus vrai!

-Eh bien! J'admire votre sens de la répartie, dit Villars en connaisseur. Labiche ne ferait pas mieux!

Le rideau se leva sur un décor représentant la salle d'un luxueux restaurant. Le public applaudit le travail du décorateur. Autour d'une table richement parée, et au milieu de laquelle trônait une pièce montée, étaient assis six hommes relativement âgés. Le comédien qui tenait le rôle du Comte de Vernouillet se leva:

"Messieurs, je vous remercie d'avoir répondu à mon invitation pour célébrer l'anniversaire de mon épouse, et d'avoir tenu à lui offrir, chacun de vous, un cadeau en remerciement des petits services qu'elle vous a rendus dans le passé!"

"C'était donnant-donnant mon cher Comte" répliqua l'homme qui tenait le rôle d'un sénateur.

"J'en suis parfaitement conscient. Aussi mon épouse

m'a-t-elle demandé de la précéder dans ce lieu."

A ce moment, Catherine dans le rôle de la Comtesse fit son entrée sur scène. On entendit la voix d'Hortense qui disait tout haut:

-Bien sûr elle entre côté basse-cour!

Il y eut de nombreux rires dans la salle. Catherine, prise de court, hésita un instant puis, haussant les épaules, rejoignit les convives autour de la table. Ceux-ci vinrent lui baiser la main à tour de rôle tandis que le Comte débitait une tirade énumérant les charmes de sa femme. Puis un acteur, habillé en chef cuisinier s'approcha de Catherine et lui indiqua la façon de découper la pièce montée. La jeune femme ôta le couvercle qui fermait l'intérieur creux du gâteau. Elle joua exagérément la surprise:

Catherine: "Oh! Mais c'est un véritable coffret!"

Le Comte: "Parfait l'étonnement, très réussi!"

Catherine sortit un écrin à bijou du gâteau, et comme elle allait l'ouvrir:

Le Sénateur: "Nous allons voir si vous êtes psychologue. Vous devez mettre un nom sur chaque cadeau."

Catherine: "Et si je me trompe?"

Le Comte: "Alors vous rendez le cadeau!"

Catherine: "Je ne vous ferais pas cette injure!" Elle ouvrit l'écrin: "Une pierre de lune!..."

Elle jeta un coup d'oeil circulaire en réfléchissant, puis s'arrêta sur un des convives, elle le désigna du doigt: "Merci Hector!

Le Comte: "Bravo! Mais il faut dire la raison de votre choix."

Catherine: "Parce que c'est dans ses prix, et parce qu'à

force de promettre la lune, il finit par vous en donner un morceau!"

Hector (la soixantaine élégante, portant monocle): "Merci pour le compliment si bien troussé!"

Catherine: "Mais pas du tout!" Elle pêcha un nouvel écrin et l'ouvrit: "Ça, c'est mon petit Sagan! Je reconnais le collier de Lucie Victor que vous m'avez soufflé à l'Hôtel des Ventes. Il a appartenu à Cora Pearl... un collier de perles!"

Hector, sarcastique: "Le mot vaut moins cher que le collier!"

Catherine, prenant un troisième écrin: "Ah! joli bracelet... Il s'appelle Gilles, mon cher mari!..."

Le comte: "Non, très chère!"

Catherine, surprise, examina le bracelet avec attention: "Tu as raison! Il est faux. Merci quand même, Brézy!"

Brézy, petit homme joufflu, tout en rondeurs: "Mais quoi? C'est une reproduction authentique!"

Catherine tira d'un quatrième écrin un médaillon avec une miniature, et s'adressa à un convive au bout de la table: "Notre ami Chantrieux, je vois, continue à liquider les bijoux de ses ancêtres!..."

De Chantrieux impertinent: "Avec vous, ça ne sort pas de la famille!"

Le Comte: "Hé là! Hé là!..."

De Chantrieux: "Quoi donc, mon cher cousin?"

Catherine sortant un pendentif d'un dernier écrin: "Un pendentif de chez Froment-Maurice!... Cette fois-ci, merci Gilles. Il te ressemble. Il restera toujours pendu à moi... Mes chers amis, vous m'avez comblée..."

Elle fut interrompue par Hortense qui s'était levée de son

siège:

-Il y a encore un cadeau dans le fond de ce gâteau, pourquoi ne le prenez-vous pas?

Catherine se tourna vers la salle, interloquée. Puis elle se ressaisit et dit d'un ton fielleux:

-Mais nous avons bien reconnu l'Yvette Guilbert de la Butte-aux-Cailles.

-Pour vous servir! dit Hortense. Mais pourquoi ne retirez-vous pas ce qui reste dans le gâteau?

Catherine y plongea la main et en sortit un petit miroir auquel était attachée une carte de visite. Elle lut ce qui y était inscrit et la laissa tomber dédaigneusement à terre. Hortense insista:

-Mais lisez! lisez donc... Vous ne voulez pas? Eh bien! moi je vais vous dire ce qu'il y a d'écrit. Un fort joli quatrain, ma foi, et qui va comme ça:

> Voici ton nez, tes yeux, ta bouche et tes oreilles
> Ce qu'on appelle en somme un bel assortiment
> Et je t'offre avec lui pour égayer tes veilles
> Ta première ride et ton dernier printemps...

Réactions diverses dans le public. Le Marquis et Philippe applaudirent. Hortense fit la révérence à destination de sa rivale. Celle-ci se reprit et répondit:

-La femme de glace me fait cadeau de débris d'elle-même!

-C'est pour mieux vous voir, mon enfant! Mes débris vous renvoient votre visage à la tête!

-Oh! je peux me regarder en face, moi!

-Sans rougir? Vous m'étonnez!

-Dans six mois, pour vos trente ans, je vous offrirai un joli cadre en cadeau. Les vieux tableaux y vieillissent mieux!

Cet échange d'amabilités commença d'irriter sérieusement de nombreux spectateurs qui crièrent:
-La pièce!... La pièce!...
Hortense était restée debout. Philippe prit sa main et lui dit à voix basse:
-Hortense, je crois que cela suffit. Vous avez eu le dernier mot, alors cessez ce jeu!
La jeune femme se rassit et lui répondit:
-C'est bien pour vous faire plaisir!
Ainsi le reste de la pièce put se dérouler sans autre incident.

*

Le Café Anglais, où de nombreuses personnes du Tout-Paris allaient souper après le théâtre, était composé d'une salle de rez-de-chaussée, entourée d'une galerie circulaire en étage dans laquelle étaient dressées des tables comme en bas. L'atmosphère y était chaude, luxueuse, colorée. Les dîneurs commentaient avec animation les derniers événements de la capitale. Aristide Bruant venait souvent y recueillir les derniers potins pour sa revue 'Le Mirliton'. Les tables du parterre étaient, pour la plupart, occupées par des femmes et des hommes en tenues de soirée. Catherine d'Aubigny, plus belle, plus endiamantée et plus décolletée que jamais, présidait l'une des tables à laquelle s'étaient installés, avec Armand Villars, l'habituelle clique d'affairistes, de mondains et de parlementaires qui faisaient partie de la cour du banquier. On en était au dessert, et, comme dans la pièce que Catherine avait jouée le soir même, on apporta un grand gâteau sur lequel on avait disposé vingt-cinq bougies. Le chef de cuisine et le maître d'hôtel en faisaient les honneurs à Catherine, ravie. Villars lui fit remarquer:

-Avoue qu'il est rare de célébrer deux fois son anniversaire dans la même soirée!

De l'autre côté de la salle, en vis-à-vis, Hortense Fleury était attablée avec Philippe, le Marquis, Rip et le directeur des Divertissements Comiques. Le Marquis observait ce qui se passait à la table de Catherine. Il raillait:

-Ma parole, c'est un vrai jubilé. Il y a là les aspirants, le propriétaire actuel et les mis-à-la-retraite! Les avant, le pendant et les après!

Le directeur renchérit:

-C'est le dîner des anciens et des modernes!

Hortense demanda:

-Combien y a-t-il de bougies sur le gâteau?

Philippe en compta vingt-cinq. Hortense haussa les épaules:

-Ah bon! Ce n'est pas son âge. C'est le nombre de ses amants!

Philippe héla un garçon, sortit une enveloppe de la poche intérieure de son veston et dit en sourdine en désignant Armand Villars:

-Veuillez remettre ceci au monsieur qui est à côté de Mademoiselle d'Aubigny.

-Qu'est-ce que c'est? demanda Hortense, curieuse.

-Un simple poulet!

-Cessez de plaisanter! Vous ne voulez pas me le dire?

Elle avait l'air déçu. Il se pencha à son oreille et murmura:

-Un talon de chèque de dix mille francs au nom de Louis Saccard, député du Nord, pour services rendus à la banque...

-A la banque?...

-Oui, à la banque de l'honorable Villars que vous voyez là-bas. Preuve que l'actuel favori de Mademoiselle d'Aubigny, votre ennemie intime, est un corrupteur.

Hortense fut brusquement ramenée à la réalité de la situation. Elle se sentit prise dans le piège que le banquier avait tendu par son intermédiaire.

-Etes-vous sûr? demanda-t-elle, ne réussissant pas à maîtriser son émoi.

Philippe s'en rendit compte et observa:

-On dirait que cela vous contrarie.

Hortense se récria précipitamment:

-C'est que c'est un homme dangereux, à ce que j'ai entendu dire!

-Pas quand il est désarmé.

Le journaliste regardait Villars avec attention. Celui-ci avait décacheté la lettre et tiré le carré de papier. Il ne sourcilla pas, mais fixa Philippe de son regard perçant.

-Aucune réaction visible. Il est très fort! constata ce dernier.

On entendit alors une voix forte qui venait de la table de Villars:

-Mademoiselle Fleury est charmante, mais elle chante toujours la même chanson!

Hortense, qui avait entendu l'apostrophe, riposta:

-Je ne suis pas comme votre amie. Il suffit de regarder qui est à sa table pour constater qu'elle change souvent de répertoire!

Philippe l'arrêta d'un ton de reproche:

-Allons Hortense... vous aviez promis.

-Mais on m'attaque!

Toute la table de Catherine se mit à huer la chanteuse. Alors, profitant de l'occasion, Villars se leva, fit un geste pour calmer ses amis et dit d'un air aimable:

-Mesdemoiselles, mesdemoiselles... Vous vous êtes à peu près tout dit avec beaucoup d'esprit. De grâce, maintenant il serait temps de varier vos plaisirs. Faites la paix, je vous en conjure, au nom de tous les neutres. Deux grandes puissances comme vous ont intérêt à s'unir pour exploiter les petites nations que nous sommes!

Un des convives approuva:

-Très bonne idée. Nous aurions ainsi à notre table les deux plus jolies femmes de Paris!

-C'est incontestable! approuva le banquier.

Plusieurs convives renchérirent. Villars s'adressa alors à Hortense:

-Pour les vingt-cinq ans de Catherine je vous invite, vous et vos amis, à venir fumer avec nous le calumet de la paix... Je vous en prie! - Et il se tourna vers l'orchestre tzigane - Grégor, le grand air de la réconciliation!

Grégor fit signe à ses musiciens qui entamèrent un air endiablé. Hortense et sa suite se levèrent et s'approchèrent de la table de Catherine. Les deux femmes se serrèrent la main avec un enthousiasme très relatif. Les convives des deux partis applaudirent. On apporta des cotillons. Chacun s'en saisit. La gaieté monta de plusieurs degrés. On apporta du champagne et des chaises pour les nouveaux venus. Armand s'approcha de Philippe, et lui dit d'un air détaché:

-J'accuse réception de votre pli.

-Ce n'est qu'un échantillon. J'en tiens d'autres à votre

disposition!

Un garçon passa à proximité avec un plateau rempli de coupes de champagne. Armand l'arrêta, en prit deux et en offrit une au journaliste:

-Que faites-vous demain?

Philippe accepta la coupe et répondit:

-Je suis à mon bureau comme chaque matin.

-Alors... disons dix heures... ça vous va? Nous causerons.

Philippe goguenard:

-Je reçois un peu n'importe qui ces temps-ci!

-Je ne m'étais pas trompé. Vous êtes un garçon intelligent. Je vous complimente.

-Je prends le compliment comme vous me l'adressez!

-Alors, à demain!

Puis il se tourna vers ses invités:

-Messieurs, je bois à nos vingt ans. Nous avons, n'est-ce pas, l'âge de nos maîtresses. Puissions-nous nous retrouver tous ici dans dix ans pour fêter les vingt-quatre ans de notre charmante hôtesse, Catherine d'Aubigny!

-Comme ces choses sont bien dites, répondit cette dernière.

Tout le monde applaudit vigoureusement. L'orchestre attaqua la valse d'Orphée aux Enfers. Des couples se formèrent pour danser. Hortense vint vers Philippe et lui tendit les mains. Celui-ci la prit dans ses bras et commença de valser. Armand les observait d'un air satisfait, un mince sourire sur les lèvres. Catherine s'approcha de lui:

-C'est bien parti, on dirait?

-Oui. Hortense joue admirablement la comédie... ou la

joue-t-elle vraiment? En tout cas ce petit journaliste est dangereux. Il faudra jouer serré. Sois aimable.

-C'est déjà fait. Embrasse-moi!

-Pas en public. On ne nous croirait pas!

Catherine insista, en plaisantant à demi:

-Embrasse-moi. Tu sais bien que je t'aime!

Armand répliqua sur un ton mi-figue, mi-raisin:

-Allons, tu ne vas pas inaugurer tes vingt-cinq ans en disant des bêtises!

*

La nuit était fort avancée quand Hortense et Philippe, bras dessus, bras dessous se retrouvèrent à l'intérieur de l'atelier éclairé de l'Imprimerie Barandot. Ils regardaient un vieil ouvrier qui travaillait penché sur une table en ne leur prêtant pas attention. Philippe le désigna:

-C'est le prote.

-Le prote? répéta Hortense que le mot amusait.

Philippe s'adressa au vieil homme:

-Manuel, j'ai le plaisir de te présenter Mademoiselle Hortense Fleury. Hortense, on l'appelle aussi 'Grand-Père'.

Manuel tendit son petit doigt à la jeune femme, en la regardant par-dessus ses lunettes sans sourire:

-Excusez-moi Mademoiselle, j'ai les mains sales.

Puis il se remit immédiatement au travail. D'autres ouvriers, au fond de l'imprimerie, avaient levé la tête en entendant le nom de la chanteuse, puis s'étaient remis aussitôt à leur besogne. Philippe dit, en désignant 'Grand-Père':

-C'est toujours à lui que je remets mes articles.

Il continua de décrire à la jeune femme les différentes opérations qui aboutissaient à la création du journal, au fur et à mesure que celles-ci se déroulaient:

-Ça vous amuse?

-C'est intéressant. Mais tous ces gens travaillent la nuit!

-Oui, ils restent très tard pour préparer le journal. Pendant la journée, ils se livrent aux autres besognes qui assurent la survie de l'imprimerie. Barandot imprime mon journal par conviction. C'est une sorte de mécène, mais un mécène qui n'est pas très riche. Et tous les ouvriers que vous voyez ici y sont pour la même raison. Ce sont presque des bénévoles."

Hortense était à la fois admirative et touchée. Elle était séduite par le charme et la prestance d'un homme qui appartenait à cette race d'individus capables d'en entraîner d'autres à défendre des causes dépassant leurs propres intérêts. Le sentiment, en somme assez superficiel qu'elle avait éprouvé de prime abord, s'était transformé en quelque chose de très profond. Elle regardait Philippe avec une sorte d'émerveillement enfantin. Cependant, Philippe continuait sa démonstration:

-Quand l'épreuve a été corrigée par 'Grand-Père'... Manuel, voulez-vous me donner une épreuve... de cet article-là.

Il désigna un article du doigt. Le prote en tira une épreuve à la brosse et la tendit à Philippe qui la montra à Hortense. Celle-ci l'examina et fut agréablement surprise. Il y figurait une caricature de la chanteuse signée Caran d'Ache, fort drôle et soulignée de quelques lignes d'un commentaire flatteur. Elle s'écria spontanément:

-Oh! Ça c'est chic... Ça paraît quand?
-Demain.
-Vous me la donnez?
-Bien sûr!

Elle eut un rire ingénu:

-Que je suis contente!

Elle jeta un coup d'oeil sur l'article:

-Tiens, tiens! Le Monsieur du Strapontin... Je voudrais bien le connaître... Pour le remercier.
-J'essaierai de vous le présenter, mais il est si sauvage... si timide.
-Vous n'êtes pas comme lui! dit Hortense en riant.
-Heureusement pour moi!

Hortense se mit à renifler:

-Ça sent une drôle d'odeur!
-Ça sent l'encre, l'imprimerie, la phrase toute fraîche, celle qui vous démolit un corrupteur en quelques mots... Vous préférez l'odeur des coulisses?
-C'est vrai! Chaque métier a son odeur propre.
-Oui, sauf le métier de financier. C'est pour ça qu'on dit que l'argent n'a pas d'odeur!

Tout en disant ces mots, le journaliste avait entraîné la jeune femme au travers de l'atelier, et s'arrêta devant une porte sur laquelle il y avait une inscription:'Direction'. Il fit mine de renifler à son tour:

-Vous sentez? 'Parfum Incorruptible'... de Barandot!

A ce moment un homme d'une cinquantaine d'années ouvrit la porte. Il avait ce qu'on appelle 'une bonne tête'. Philippe le présenta:

-Et voici le parfumeur lui-même! Monsieur Barandot,

imprimeur, mécène et providence du '*Vengeur*'. Mademoiselle Hortense Fleury!

Un sourire plein de malice plissant des paupières derrière lesquelles brillaient deux petits yeux fureteurs, Barandot répondit:

-Enchanté, Mademoiselle... Elle a une drôle de tête n'est-ce pas, la providence!

Hortense dit dans un élan de sincérité:

-Je ne pourrais l'imaginer autrement!

Philippe ajouta:

-Le seul imprimeur au monde qui ne présente jamais sa note!

-Et si je te la présentais, tu me la réglerais?

-Mon Dieu! j'ai horreur des questions d'argent! fit Philippe d'un air outragé.

Barandot reprit, en s'adressant à Hortense:

-'*Le Vengeur*', c'est mon châtiment, Mademoiselle! Ça m'apprend à accepter ces saletés que je suis obligé d'imprimer... Regardez-moi ça!

Il mit un prospectus qu'il avait dans la main sous les yeux de la jeune femme:

-Lancement de 50.000 obligations de la Société d'Electrification du Rio de la Plata. Vous vous rendez compte... le Rio de la Plata! et il s'éloigna en ricanant.

Philippe reprit le bras d'Hortense, et l'entraîna avec lui:

-Venez! Je vais vous montrer mon bureau et mes appartements!

Hortense, conquise, ne résista pas. Ils sortirent dans la cour, et Philippe regarda le ciel:

-Quelle belle soirée d'hiver! Dire qu'hier, il pleuvait à verse... Avouez qu'on est mieux ici que dans la tabagie du Café Anglais. On respire. Allez! faites comme moi, respirez. Avez-vous sommeil?

-Je n'ai sommeil que le matin. Je suis obligée de me faire des scènes pour me coucher!

Ils se dirigèrent vers l'escalier qui montait au bureau du *"Vengeur"*. Philippe fit un geste pour la laisser passer devant lui. Elle s'arrêta et le regarda d'un air gentiment soupçonneux. Philippe lui sourit:

-Je n'ai aucune idée derrière la tête. Simplement, vous me plaisez. Alors je vous le dis, voilà tout! Et que j'ai une furieuse envie de vous embrasser... Si le coeur vous en dit, faites-en autant!

Ce fut elle qui l'embrassa. Un ouvrier qui rentrait les aperçut et envoya un long sifflement d'admiration. Hortense s'écarta, embarrassée. Philippe lui murmura à l'oreille:

-C'est un succès... On nous siffle!

Elle rit et s'engagea dans l'escalier. Sur le palier, Philippe la précéda, entra dans le bureau et alluma la lampe à pétrole. Hortense, un peu intimidée, était restée sur le palier. Philippe se retourna. Il y eut quelques secondes de silence comme si la solitude les impressionnait. Puis, le journaliste fit une révérence et d'un geste large:

-Veuillez entrer je vous prie, Princesse Ophélie. Je vous présente mon cabinet directorial. Ici, le fauteuil du maître de céans... la plume du pamphlétaire... le vitriol du polémiste... la chaise du visiteur (il ne faut pas qu'elle soit trop confortable!). Sur le mur, le portrait de Monsieur Henri de Rochefort, mon ancien patron. Puis ici, celui d'un ami, Monsieur Jaurès. Là, à cette petite table se tient votre ami Etienne.

-Que fait-il exactement? Il a l'air de vous adorer!

-Lui? c'est ma conscience! Il m'adore parce qu'il m'admire. Une telle admiration, aussi incroyable que cela puisse paraître, est un fardeau lourd à porter. Chaque fois que je suis sur le point de flancher, eh oui! cela m'arrive, je pense à lui. Je me dis: "Tu ne peux pas faire ça à Etienne. Que penserait-il de toi?". C'est très commode. Il a l'air de rien, mais c'est de la vraie graine de journaliste.

Il s'interrompit, puis la regarda comme si, brusquement, il s'était rendu compte de quelque chose qu'il avait négligé jusqu'alors. Il reprit:

-Je viens de me rendre compte que, depuis ce soir, j'ai l'impression d'avoir une seconde conscience!

Elle s'approcha de lui, profondément émue par cet aveu:

-Je ne mérite pas d'être cette conscience-là... Philippe, avant tout je dois vous avouer...

Il l'interrompit:

-Allons! qu'est-ce que vous allez dire? Vous savez très bien que c'est la vérité! Venez, je vous en prie.

Il ouvrit la porte de sa chambre. Elle le suivit. Il continua en reprenant son ton de plaisanterie:

-Et maintenant, voici l'hôtel particulier du grand journaliste. Salon, salle à manger, chambre à coucher, cuisine, réfectoire, salle de bains, tout en une seule pièce! C'est un miracle, n'est-ce pas?

Elle entra. Même impression de simplicité: un lit de fer, une table, un petit recoin formant cuisine, un petit cabinet de toilette. Le tout d'une propreté méticuleuse. Philippe se dirigea vers un placard:

-Je dois avoir quelque chose de bon à boire pour la belle qui a osé entrer dans la tanière de la bête! C'est joli n'est-ce pas?

Hortense ne répondit pas. Elle restait toujours immobile, perdue dans ses pensées, regardant vers le placard d'où venait un bruit de verres. Philippe prit deux verres et une bouteille de liqueur et répéta:

-Je vous demande si c'est joli?

Il se retourna et s'arrêta devant l'attitude grave de la jeune femme. A son tour, il devint plus grave. Ils se rapprochèrent l'un de l'autre. Elle dit, dans un souffle:

-Oh! oui, c'est vrai. C'est joli .

-C'est surtout joli depuis que vous y êtes entrée.

Hortense fut de nouveau partagée entre le sentiment d'amour fort qu'elle éprouvait, et le remords.

-Vous savez? - commença-t-elle en hésitant - je..

-Oui je sais Hortense... Moi aussi, je vous aime.

Alors elle se ravisa et, les yeux humides elle chuchota:

-Oh! Philippe. Comme je suis heureuse!

CHAPITRE 9

Le lendemain matin, un peu avant dix heures, Hortense buvait un bol de café en regardant par la fenêtre la cour de l'imprimerie Barandot. Philippe finissait de dévorer en hâte un quignon de pain. Il était en manches de chemise.

-Il faut que je me dépêche. Il y a des siècles que je me suis réveillé si tard - Il regardait Hortense amoureusement - Villars vient me voir à dix heures.

-Que vient-il faire?

-Nous avons pris rendez-vous hier soir, au Café Anglais.

Hortense fut troublée. Elle murmura:

-Comme c'est curieux!

-Non, c'est tout naturel.

-Et tu vas le recevoir?

-Bien sûr!

Philippe prit son veston, l'endossa et alla vers la porte:

-Je n'en aurai pas pour longtemps.

Hortense, bouleversée, se décida à parler, à révéler ses rapports avec Catherine, à dévoiler enfin le complot manigancé par Villars qui l'avait amenée à faire la connaissance du journaliste. Elle alla à lui:

-Philippe...

Celui-ci s'arrêta sur le seuil de la porte entrouverte. Elle lui prit les mains:

-Je voudrais te dire...

-Que tu m'aimes?

-Oui... non... enfin... Villars...

Philippe se méprit, et d'un geste rassurant:

-Ne t'inquiète pas... Personne ne saura que tu es ici... A tout de suite.

Il sortit et referma la porte derrière lui. Hortense, moitié dépitée, moitié soulagée haussa les épaules en soupirant.

Etienne était assis derrière sa table dans le bureau:

-Salut patron. Bien dormi on dirait!

-Très bien Etienne, très bien. Je me sens en pleine forme. Prêt à dévorer du Villars qui ne devrait pas tarder à arriver. Tu nous laisseras seuls, mais seulement quand je t'y aurai invité.

Etienne était stupéfait:

-Armand Villars, celui que vous avez attaqué dans le dernier numéro du *'Vengeur'*?

-Lui-même. C'est d'ailleurs pour cette raison qu'il vient me voir!

Etienne fit part de son inquiétude:

-Méfiez-vous patron. Il est dangereux. J'ai entendu dire qu'il est complètement dénué de scrupules et qu'il est capable du pire.

Philippe alla s'asseoir derrière son bureau et se fit rassurant:

-Ne t'en fais pas! Je devine ses intentions. Il essaiera d'abord de négocier avant de devenir méchant. Tu reviendras avec des épreuves une dizaine de minutes après son arrivée.

A cet instant même on frappa à la porte.

-Entrez! dit le journaliste.

Armand Villars pénétra dans la pièce, s'arrêta un bref instant et jeta un coup d'oeil circulaire sur l'aspect monacal des lieux.

Ainsi, c'était bien de ce taudis que sortait la campagne contre lui! Il scruta le visage du journaliste. Qu'est-ce qui faisait marcher le bonhomme? L'idéalisme d'un adolescent attardé, ou l'opportunisme d'un adulte retors? Ce ne pouvait être que l'un ou l'autre, et le regard qu'il portait sur vous ferait plutôt pencher pour la seconde hypothèse. Dans ce cas, il suffirait d'y mettre le prix pour se l'attacher. Et Villars avait du répondant. Personne ne pourrait résister à ce qu'il était en mesure de payer!

Philippe prit une liasse de feuillets sur son bureau et s'adressa à son aide:

-Tiens! Porte-moi ça en bas, et souviens-toi de ce que je t'ai dit.

-Oui patron - fit Etienne d'un air entendu en sortant.

Villars s'avança, tira un cigare d'un étui en or, le porta à ses lèvres et l'alluma. Il en tira quelques bouffées puis engagea la conversation:

-Monsieur Platon, je présume!

-On ne peut rien vous cacher - répliqua le journaliste en s'appuyant sur le dossier de son siège.

-J'ai mes informateurs.

-Dites plutôt vos indicateurs!

A cette répartie, un mince sourire de dédain effleura les lèvres du banquier:

-Comme vous voudrez. Peu importe le vocabulaire. Alors... ça s'est bien passé hier soir?

-D'autant mieux que je suis parti tout de suite, répondit Philippe.

-Je l'ai constaté. Et avec Mademoiselle Fleury me semble-t-il. C'est une charmante personne. Vous ne manquez pas de goût.

-Je ne vous démentirai pas sur ces derniers points!

Villars lui tendit son étui de cigares qu'il refusa:

-Merci, jamais le matin.

Le banquier parcourut à nouveau la pièce du regard avec une moue de commisération:

-Alors, c'est ici que vous travaillez!...

Philippe sourit :

-Cela vous surprend? Moi, vous savez, pourvu que j'aie une plume, un encrier et du papier, peu importe où je travaille!

Villars opina de la tête, comme si c'était une évidence. Il se fit flatteur:

-Certes... Vous avez incontestablement du talent, et je le dis sans flagornerie.

-Le talent, c'est une question d'appréciation.

-Sans aucun doute. Mais j'insiste, vous en avez beaucoup. Ma présence ici en est la meilleure preuve.

-J'aurais cru que la raison de votre visite fût toute autre!

-Pas du tout... Vous croyez à toutes sortes de pauvres choses, l'idéal, l'honnêteté, le peuple. Et comme profession de foi, vous publiez des pamphlets. Ce qui fait de vous un journaliste d'un type rare de nos jours... et intéressant pour un homme comme moi qui suis patron de presse. La vie ne vous a pas encore flétri. Bien sûr on pourrait vous reprocher non sans raison d'utiliser parfois vos dons sans discernement. Vous manquez de sang-froid dans le choix de vos épithètes. Mais je n'y vois que les effets de la fougue de la jeunesse, et le signe d'un véritable talent de journaliste. Vous avez été au '*Gaulois*' m'a-t-on dit.

Philippe eut un sourire carnassier:
-Trois mois. Juste le temps de gifler Arthur Meyer!
-Ah! Vous giflez aussi!
-C'est ma façon de me distraire!
-Encore faut-il choisir ses victimes avec soin... sinon...
-Ce n'est pas le choix qui manque!
-Ainsi vous ne regrettez jamais les vivacités, pour ne pas dire les excès de votre style?
-Que voulez-vous, c'est une question d'honnêteté intellectuelle. On ne se refait pas!
-Prenez garde. L'échelle de l'honnêteté peut comporter un dernier palier qui est l'imprudence! Vous écrivez des choses courageuses... que vous devriez avoir le courage de ne pas publier! Moi aussi, je suis un spontané...
-Je n'en crois pas un mot!
-Mais si, mais si! Vous avez vu hier soir, avec quel élan je suis allé vers vous. Mes amis me disaient " Tu ne vas pas faire le premier pas. C'est indigne de toi!" En voilà des idées! Aller vers la jeunesse, n'est-ce pas retrouver un peu de sa propre jeunesse?

Villars s'interrompit, le regard dans le vague, comme assailli par des souvenirs, puis il reprit d'un air pensif:
-On peut vous parler à coeur ouvert?

Philippe n'était pas dupe de ce changement brusque de ton chez le banquier:
-Je peux tout entendre, Monsieur Villars... tout! Mais pourquoi ne pas me dire la vraie raison de votre visite?

Du regard, il fit comprendre à son interlocuteur qu'après les escarmouches il était temps de passer aux choses sérieuses, et que le duel pouvait commencer. Villars comprit, sa voix se fit plus sèche:

-Il ne faut pas jouer au plus fin avec moi. Vous le savez très bien!

Philippe, l'air faussement étonné:

-Moi?... mais encore?

-Ce talon de chèque... non que j'y attache plus d'importance qu'il n'en faut... mais il me semble que depuis quelque temps vous me prenez pour cible privilégiée, sur un ton qui frise la diffamation, comme si j'étais responsable du scandale!

-Je vous accorde que vous avez eu l'habileté, que n'a pas eue De Reinach, de rester dans l'ombre. Mais vous avez tout de même tenu un rôle important dans cette affaire.

-Croyez-vous que ce scandale aurait pris de telles proportions si les hommes politiques n'étaient pas corrompus?

-La pourriture se développe sur le fumier. Vous et vos collègues avez fait le lit de la corruption!

Villars protesta:

-Mes collègues et moi, comme vous dites, ne sommes aucunement responsables de la gestion calamiteuse et de l'imprévoyance stupéfiante de Ferdinand de Lesseps et des administrateurs de la Compagnie. Nous leur avons accordé des crédits pour tenter de les renflouer. En vain.

Philippe réprima un geste d'impatience et dompta son irritation pour reprendre sur un ton froid:

-Vous donnez des airs de noblesse aux saletés que vous faites. Bien sûr! Vous avez accordé des crédits à la Société, mais à des taux usuraires. Vous ne vous êtes même pas associés au risque industriel. Les intérêts que vous lui avez imposés l'ont forcée dans une spirale de faillite. Alors qu'au même moment vous accordiez des concours bancaires à bon marché à d'autres sociétés. La Bourse place très facilement l'emprunt Russe alors qu'elle prétend en être incapable pour les emprunts de la Compagnie de Panama.

-Nous ne pouvions décemment pas nous engager en faveur de la Compagnie sans de fortes garanties, tant elle était mal gérée et en difficulté. Nous ne sommes tout de même pas des philanthropes!

Philippe éclata de rire à cette sortie:

-Je ne vous le fais pas dire!... Mais en attendant, ce sont les petits porteurs qui ont fait les frais de votre voracité. Ne trouvez-vous pas immoral que les banques prélèvent des millions au moment du lancement des titres rien que pour ouvrir leurs guichets?

Le journaliste vit un éclair de cruauté dans les yeux du banquier qui ne put s'empêcher d'adopter un ton doctoral:

-Vous en avez un vocabulaire! Que vient faire la morale dans cette histoire? La pratique à laquelle vous faites allusion est tout à fait habituelle, et la loi n'y trouve rien à redire!

-Et le sang versé? Des petits porteurs acculés à la ruine et au suicide? La morale n'a rien à y faire?

Villars secoua la tête négativement:

-Ne dramatisons pas. Des suicides, il y en a eu moins qu'une certaine presse malveillante le prétend! Nous n'avons jamais obligé personne à souscrire. Vous savez comme moi que toute opération financière comporte des risques. Nous-mêmes ne sommes pas à l'abri de certaines déconvenues!

-Je n'ai pas vu beaucoup de banquiers se suicider ces derniers temps, ironisa Philippe, hormis de Reinach qui a mis fin à ses jours pour des raisons très différentes. S'il s'agit vraiment d'un suicide, ce dont la police paraît douter! Allons, Monsieur Villars, soyez franc. Vous vous enrichissez sur le dos de la petite épargne, alors que votre devoir serait plutôt de la protéger. Vous avez fait appel, avec la complicité d'une presse à vos ordres, au patriotisme des petites gens, en leur faisant croire qu'ils participaient à une grande entreprise nationale alors que vous les avez entraînés dans une sordide affaire de basse finance dont ils ont fait les frais! N'éprouvez-vous pas quelques remords?

-L'intérêt de la banque prime et, en tant que dépositaire de la fortune de mes clients, je ne puis laisser les remords empoisonner mon existence, répliqua Villars. Et puis, Monsieur Platon, laissez-moi rectifier quelques idées fausses. Nous n'avons rien fait de ce que vous dites! C'est l'Etat lui-même, soutenu par une presse vénale, qui a fait de Monsieur de Lesseps ce 'Grand Français' infaillible qu'il fallait protéger à tout prix. C'est l'Etat qui a honteusement flatté l'orgueil national, non les banquiers! Les journalistes portent une lourde part de responsabilité dans cette tromperie. Alors, commencez par balayer devant votre porte!

-Je n'ai pas attendu vos conseils, vous en conviendrez. Si vous avez en partie raison quant au rôle de l'Etat et de la presse dans cette histoire, avouez que vous vous accommodiez fort bien de cette situation. Vous vous êtes contentés de placer les titres dans le public après l'avoir appâté par la publicité, et une fois votre dîme prélevée, et quelle dîme, vous vous êtes retirés! Coupables, mais non responsables en quelque sorte!

- Mais, cher Monsieur Cabrissade, n'est-ce pas là le fondement même de la haute finance. Elle crée des entreprises et se retire dès qu'elle a réalisé ses bénéfices. Tout cela est strictement légal

-Ah! la légalité! Que de mauvaises actions ne commet-on pas en son nom! répliqua Philippe avec un grand soupir. Mais ce qui est moins légal, c'est d'avoir acheté des parlementaires pour faire passer une loi autorisant la Compagnie de Panama à émettre des obligations avec quelques gros lots pour attirer et piéger les petits épargnants!

-Nous ne faisons pas les lois. Si j'avais acheté des parlementaires, notez que je mets cela au conditionnel, c'est bien qu'ils étaient à vendre! Ce cher de Reinach, Dieu ait son âme, ne s'en est pas privé, lui. Mais pouvez-vous décemment empêcher un banquier d'acheter ce qui peut être une source de profits pour sa propre banque?

Philippe était scandalisé par ce cynisme:

-Même les consciences?

-Croyez-moi, mon cher, répondit Villars méprisant, on n'achète que ce qui est à vendre!

-Vous avez une curieuse conception de l'humanité. Non seulement vous méprisez les hommes, mais vous vous en servez!

-Disons que je m'en sers parce qu'ils ne méritent que le mépris!

Villars se rendit compte qu'il s'était laissé aller trop loin et avait commis une maladresse, aussi reprit-il un ton plus modéré pour s'expliquer et effacer la mauvaise impression que ses propos avaient pu engendrer:

-J'exagère à dessein et j'imagine que ces mots peuvent choquer un homme comme vous qui se nourrit encore d'illusions sur la nature humaine. Je le comprends fort bien, et je ne vous demande pas d'adhérer sur le champ à mes idées qui sont le fruit d'une longue expérience, mais de m'écouter sans préjugé. Moi, je suis réaliste par nécessité. On ne fait pas de bonne politique financière avec de bons sentiments. J'ai une pratique consommée du monde politique. Je sais que le mensonge y tient lieu de langage, et, pour ce qui me concerne, vous avez pu constater que je n'hésite pas à dire la vérité, au risque de paraître déplaisant! Le pouvoir corrompt, c'est une vérité qui se vérifie quotidiennement.

-J'ai pourtant rencontré quelques hommes sincères parmi les politiciens, objecta Philippe.

-Hmm! ceux-là ne sont-ils pas sincères jusque dans leurs mensonges? Ce sont les plus trompeurs et les plus dangereux! Je me méfie de ceux qui, se drapant dans les oripeaux de la vertu, s'autoproclament défenseurs du bien du peuple. Ils finissent presque toujours par se l'approprier! Celui qui veut faire carrière dans les allées du pouvoir a besoin d'argent , de quelque bord qu'il soit! Moi, je m'accommode de toutes les idéologies. La finance n'a pas à se préoccuper des convictions des uns et des autres. Elle ne doit servir que ses propres intérêts car c'est elle qui fait la politique de la nation. En soutenant demain ceux qu'elle combattait hier, elle ne fait pas preuve de cynisme, mais de réalisme. De ce réalisme dépend la prospérité du pays, et donc du peuple. Une économie solide, gage du bonheur de chaque citoyen, dépend d'une haute finance solide. Partout l'argent est le plus fort et domine le monde. C'est bien ainsi, car avec de l'argent on achète du pain. Vous ne pouvez sortir de là. Ceux qui cherchent une autre voie font le malheur de leur peuple. Vous, vous êtes encore dans le mauvais camp. Vous êtes assez intelligent pour vouloir, un jour, passer du bon côté.

Villars termina sa démonstration avec un petit rire de triomphe. Philippe avait écouté attentivement le banquier, dont l'argumentation paraissait d'une logique impitoyable. Mais c'était une logique paranoïaque partant de données que le journaliste jugeait fausses. Quand on les démontait pièce par pièce, chacun des éléments du discours paraissait cohérent. Mais quand on assemblait le tout, on aboutissait à une construction que Philippe réprouvait totalement. Villars lui apparut comme un maître dans l'art de la jésuitique et de l'hypocrisie. En observant le visage pensif du journaliste, Villars le crut ébranlé par son argumentation et prêt à entendre la véritable raison de sa visite:

-J'ai fait appel à votre intelligence. Je fais maintenant appel à votre pragmatisme. Je suis venu vous faire une proposition que vous aurez, j'en suis sûr, le bon sens d'accepter. Vous savez certainement que je suis le propriétaire des 'Echos'?

-Bien sûr!

-Vous n'ignorez pas que c'est l'un des plus forts tirages du pays?

-En effet.

-Infiniment supérieur à celui du 'Vengeur'.

-Cela me paraît évident.

-Vous conviendrez donc que les 'Echos' sont une caisse de résonance autrement plus puissante pour faire passer ses idées!

-J'en suis persuadé, mais encore faut-il être libre de les exprimer. Moi, je tiens à rester honnête.

-C'est un métier qui ne rapporte guère sans certains outils indispensables.

Le journaliste présentait toujours un visage songeur, difficile à déchiffrer. Cependant Villars crut y discerner un début d'hésitation, comme la promesse d'une écoute plus ouverte à son argumentation. Il perçut moins d'agressivité dans l'attitude du jeune homme, un regard moins dur. Il continua pour accentuer son avantage:

-On ne nettoie pas les écuries d'Augias avec une simple fourchette. Le directeur de mon journal est sur le point de partir à la retraite. Je désire profiter de ce départ pour imprimer une nouvelle orientation aux '*Echos*'. Du sang neuf. Quelque chose de plus jeune, plus dynamique... de plus corrosif même, pourquoi pas? Cela me rappellerait ma jeunesse, car jadis j'étais un peu comme vous... un révolté! Il y a longtemps que je cherche celui qui pourrait s'atteler à cette tâche. Je vous offre cette place qui me paraît tout à fait vous convenir... et je vous laisse même le choix de fixer vous-même vos émoluments!

Diable! se dit Philippe qui joua la surprise:

-Je ne comprends pas très bien. Vous voulez me fournir des armes pour mieux vous attaquer?

-Je ne suis pas masochiste, répliqua le banquier en riant franchement. Non, ce que je vous demande c'est de mieux choisir vos cibles... tout en gardant, bien entendu, le style qui est le vôtre!

Philippe demanda avec une curiosité non feinte:

-Et quelles cibles souhaiteriez-vous que je choisisse?

Villars se rendait parfaitement compte qu'une réponse maladroite de sa part risquait de tout faire capoter. Il décida de jouer le grand air de la sincérité:

-Elles ne manquent pas! Voyez-vous, je vais peut- être

vous surprendre et c'est parce que vous me connaissez mal. Je suis totalement de votre côté quand vous vous élevez contre la corruption. C'est un mal qui ronge la République... et moi, je suis un vrai républicain! Je souffre de voir combien les faiblesses de ce régime favorisent les compromissions. Tenez... prenez le dénommé Cornelius Herz. Cet individu a introduit dans le pays les moeurs politiques qui règnent aux Etats-Unis d'Amérique. Il faut remédier à ce mal, et je suis prêt à soutenir quiconque entreprendra la lutte contre cette décadence.

Après un court silence il reprit avec un ton de reproche presque douloureux:

-Voyez-vous Philippe... vous permettez que je vous appelle Philippe?... vous m'avez dépeint beaucoup plus noir que je suis. Oh! je sais que les apparences sont souvent contre moi mais... j'ai toujours agi dans la plus stricte légalité. J'irais même jusqu'à jeter tout mon poids, et il n'est pas négligeable, dans la balance pour faire changer la loi si celle-ci n'est pas bonne. J'ose espérer que vous m'y aiderez!

Un léger sourire de doute apparut fugitivement sur les lèvres de Philippe:

-Je possède pourtant certains documents...

-Qui ne constituent pas de preuves, vous êtes bien forcé d'en convenir! Ça me serait facile de le démontrer.

-Permettez-moi d'en douter!

-Par exemple, ce talon que vous m'avez remis. Il ne nomme pas expressément le nom du bailleur de fonds. Même chose pour les autres que, je présume, vous avez en votre possession.

-Ce n'est pas ce qu'affirme mon informateur.

-Votre indicateur! rectifia narquoisement Villars. Voyons, ce n'est pas très sérieux. Ce serait ma parole contre la sienne, et j'ai les moyens de donner beaucoup de poids à ma parole! Il me serait facile de fournir les preuves que ces accusations viennent d'un employé qui agit par vengeance personnelle. Le chantage est sévèrement puni par la loi.

-Ces talons sont de la main de votre propre associé.

-Ou de celle d'un autre! La falsification est facile dans ce monde où tout n'est qu'apparence. J'ai le bras long et je puis étouffer dans l'oeuf tout ce qui peut porter atteinte à mon honneur. Croyez-moi, mon cher, ces documents n'ont aucune valeur de preuve même si j'admets volontiers que j'ai parfois utilisé des procédés que la loi permet, mais qui mériteraient d'appartenir au passé! Comme je vous l'ai dit, je suis prêt, si vous m'y aidez, à tout faire pour qu'il n'en soit jamais plus ainsi.

Philippe resta silencieux. Hésitait-il? Villars s'efforçait de lire dans les pensées du journaliste. Ce dernier paraissait ébranlé par son argumentation et son apparente conviction. Il était sûr de l'avoir convaincu de la difficulté d'établir sa culpabilité. Il était puissant, introduit dans les milieux les plus influents. Il serait tellement plus simple pour le petit journaliste de profiter de l'occasion qui s'offrait à lui de posséder un instrument de poids pour lutter contre la corruption. Lui, Villars, n'était pas la seule cible possible. On lui en trouverait facilement d'autres! Voilà ce que devait être le combat intérieur que devinait le banquier. En attendant, on lui donnerait l'impression de faire oeuvre utile jusqu'à ce qu'on se débarrasse de lui une fois l'opinion calmée. Finalement, après quelques minutes d'un silence lourd, Philippe conclut comme s'il cédait devant l'évidence:

-Soit, admettons! Quelles sont donc vos propositions concrètes?

Le visage de Villars s'éclaira, et il ne put dissimuler une lueur de triomphe dans son regard:

-A la bonne heure! Je vous propose la direction des *'Echos'* avec, comme je vous l'ai dit, les honoraires de votre choix. Vous voyez, je fais confiance à l'honnête homme que vous êtes. Vous aurez carte blanche pour reprendre le journal en main et le remodeler à votre façon. Je désire en faire un instrument impartial contre les abus de pouvoir et contre la véritable corruption. Vous serez aidé par les meilleurs enquêteurs sur la place de Paris. J'ai moi-même des dossiers fort intéressants dans mes archives! Vous disposerez d'un outil d'une remarquable efficacité. Avouez qu'il est assez rare, à votre âge, de disposer de tels moyens! Si un problème quelconque surgit, je serai là, derrière vous pour vous soutenir. Vous aurez ainsi l'occasion de constater que je ne suis pas le monstre que vous décrivez dans vos pamphlets... Voici le dossier des *'Echos'*, dit-il en posant un volumineux paquet sur le bureau, étudiez-le.

Philippe médita un assez long moment alors que Villars l'observait attentivement. Puis, avec un soupir, le journaliste se mit à feuilleter le dossier, s'arrêtant çà et là sur un paragraphe, puis passant à une autre page. Il paraissait intéressé, convaincu, opinant parfois de la tête. Etienne frappa alors à la porte du bureau et entra, quelques feuillets à la main:

-Voici les dernières épreuves, patron. Manuel propose de reporter cette fin de colonne... ici... à la quatrième.

Philippe prit un crayon rouge et examina l'épreuve. Villars

attendait, souriant.

-Non... tu raies ces trois lignes... ça supprime le rejet.

Etienne reprit les feuillets, s'en retourna vers la porte et l'ouvrit. Une voix glaciale l'arrêta:

-Attends!... laisse la porte ouverte.

Etienne attendit sur le seuil. Philippe continua de parcourir le dossier des 'Echos'. Son expression avait brusquement changé. Sans lever les yeux, il dit entre ses dents:

-Cher Monsieur Villars, veuillez prendre la porte, et vite!

Le banquier sursauta et perdit de sa superbe. Il se leva, pâle:

-Mais mon cher... je ne comprends pas!

-C'est pourtant facile, Monsieur Villars. La porte! Si vous insistez, cela pourrait vous coûter très cher. Allez faire vos achats ailleurs!

-Mais, bredouilla le banquier désarçonné, vous m'avez mal compris!

-Je vous ai parfaitement compris! Alors, si vous ne tenez pas à ce que je vous jette dehors, sortez!

Villars se redressa et regarda Philippe d'un air de commisération:

-Je vous plains!

-Enfin un sentiment humain! Je n'en attendais pas tant de votre part, répliqua le journaliste qui tendit le dossier des'*Echos*' à Etienne:

-Tiens, rends ceci à Monsieur.

Villars saisit violemment les papiers et sortit. Philippe se leva aussitôt et se détendit. Il rayonnait et donna une bourrade à son assistant:

-Et voilà! mon vieil Etienne!

Ce dernier s'étonnait:

-Qu'est-ce qu'il voulait, patron?

-Rien que nous acheter mon vieux... pour nous faire taire... tu te rends compte! Mais pour qui se prend-il? Et pour qui nous prend-il? Comme si, pour combattre le Diable, on pouvait s'allier à Satan! Mais je l'ai bien manoeuvré! J'ai joué la comédie à fond! Tu aurais dû voir ça. Du grand art. Par le bout du nez je l'ai mené. Ce genre d'homme a un orgueil si démesuré qu'il finit, un jour ou l'autre, par sous-estimer ses adversaires.

Il s'arrêta de parler un moment pour réfléchir, puis constata:

-Nos attaques lui font mal. Ces talons de chèques, il a essayé de me faire croire qu'il pouvait s'en sortir. Mais, s'il se sentait si fort, pourquoi m'offrir les *'Echos'*, et, en plus, avec le salaire de mon choix? Il s'est rendu compte qu'il avait fait une erreur en gardant les talons. Il voulait sûrement pouvoir s'en servir comme moyen de pression sur les bénéficiaires. Mais le chantage s'est retourné contre lui. Tous ces gens passent leur temps à monter des dossiers les uns contre les autres. Mon vieil Etienne, nous sommes dans la république des dossiers! J'ai la preuve que les talons sont un danger pour tout le monde, y compris pour Villars quoi qu'il en dise. C'est une arme à double tranchant. Même si c'est son fondé de pouvoir qui a signé les chèques, on aura vite fait le rapprochement. D'ailleurs je ne doute pas un instant que, comme le prétend Chabert, dès qu'il sera inquiété, le fameux Fribourg vendra la mèche pour se dédouaner. On les tient, Etienne, on les tient!

-Formidable, patron!

Etienne regardait Philippe avec une admiration sans borne.

-C'est pas tout, maintenant il faut préparer l'édition de

lundi. On va tout publier! Ce sera la fin de Villars... Laisse-moi un moment, il faut que je réfléchisse.

Etienne parti, Philippe se précipita vers sa chambre et entra. Hortense mettait un peu d'ordre et rangeait la table du déjeuner. Elle avait les mains pleines. Philippe la saisit dans ses bras et, tout en parlant, la débarrassa pièce par pièce:

-Petite Hortense, regarde-moi bien! Tu as en face de toi un type épatant! Je t'adore! Je m'adore! Je nous adore!

Hortense essayait de se dégager en s'amusant de cet enthousiasme soudain:

-Alors, qu'est-ce qu'il voulait?

-Oh! rien de particulier. Il s'était trompé d'adresse. Hortense! mon amour, mon coeur! Viens voir la tête que je fais!

Il l'attira devant une glace et se contempla:

-J'ai vraiment une tête qui me plaît... Je suis vraiment le Napoléon de la presse!

Il passa sa main droite dans sa veste et sa main gauche derrière son dos, prenant la pose de l'Empereur. Puis il prit les deux mains d'Hortense dans les siennes:

-Que voulez-vous, Madame, que l'on vous offre? Un collier de perles? Un équipage? L'hôtel des Grandpré? Ou mieux encore, ce qui se fait de mieux aujourd'hui à Paris, un abonnement à vie au '*Vengeur*'! Le monde est à vos pieds, commandez!

Hortense se blottit dans ses bras et lui murmura à l'oreille:

-Je voudrais... elle hésita.

-Quoi donc?

-Je voudrais... que tu m'offres une journée à la campagne avec toi!

-Accordé. Quand?

-Demain.

-Mais demain c'est dimanche... et ta matinée?

La jeune femme répondit sans hésitation d'un air malin:

-Je m'arrangerai. Je sens que je vais tomber brusquement malade, que je vais avoir besoin de repos, et que je ne pourrai pas remonter sur scène avant lundi!

Il rit:

-C'est bon, en route pour la verdure! As-tu choisi l'endroit?

-Oh! oui. Je connais un petit bistrot sur les bords de la Marne, avec des barques pour se promener sur l'eau.

-Parfait! Va pour les bords de la Marne.

-Tu es un type épatant!

-C'est ce que je m'évertue à te dire!

Ils s'embrassèrent.

*

A la Banque Parisienne de Crédit, dans le quartier de la Madeleine, il y avait, depuis l'ouverture le matin même, des allées et venues insolites. Un client descendit précipitamment d'une voiture, se dirigea nerveusement vers l'un des guichets de l'établissement et remit un chèque à l'employé. Celui-ci consulta un gros livre de comptes qu'il tenait ouvert devant lui et observa avec étonnement:

-Mais... c'est la totalité de votre compte!

-Parfaitement!

-Un million huit cent mille francs! ... Je ne sais pas si nous pourrons... sans préavis...

-Pourquoi? demanda le client ironiquement. La banque n'est pas solvable?

-Mais si!... un instant, vous permettez?

L'employé prit le chèque, se dirigea vers un bureau à proximité et le remit au directeur de la banque qui l'accueillit avec une consternation évidente. Après une hésitation, ce dernier parapha le chèque et le remit au guichetier:

-Payez.

-Mais c'est le dix-septième retrait de cette nature de la journée!

-Payez! s'exclama le directeur irrité. Il se leva et se dirigea vers une porte sur laquelle on pouvait lire, inscrit en lettres dorées: 'Conseil d'Administration'. Il entra dans un vaste et somptueux bureau qui faisait office de salle de réunion, avec une grande table entourée d'une douzaine de chaises vides. A une extrémité Villars était affalé dans un profond fauteuil, paraissant perdu dans ses pensées. Le directeur s'approcha de lui esquissant un geste d'impuissance.

-Qu'y a-t-il? demanda le banquier.

-Ça continue... ils nous lâchent tous. Nous ne tiendrons pas jusqu'à ce soir si ça continue.

-J'attends la réponse de la banque Jarry. Ils vont nous ouvrir un crédit pour parer au plus pressé. Personne n'a intérêt à provoquer notre chute. Jarry est un ami.

L'assurance de Villars ne convainquit pas le directeur:

-Je l'espère. Néanmoins les rumeurs qui courent sont inquiétantes.

Villars l'interrompit avec brutalité:

-Ne dites pas de sottises, et surtout pas de pessimisme devant le personnel. Payez! Ça va s'arranger.

Le directeur sortit au moment où Fribourg, dans un état d'agitation extrême, pénétrait dans la pièce, se précipitait vers un fauteuil et s'y laissait choir lourdement. Il s'épongea le front:

-Je ne sais pas ce qu'ils ont tous. Nos plus gros clients assèchent leurs comptes. Si ça continue nous serons en cessation de paiement avant demain. On dirait qu'ils savent que le Comptoir pour l'Industrie a partie liée avec la Parisienne de Crédit!

Villars se leva sans répondre, alla vers lui:

-Alors? Vous avez reçu ma lettre?

-Oui. Je suis allé au Ministère comme vous me l'avez demandé. J'ai vu mon frère... rien à faire de ce côté!

Villars se tint devant Fribourg, le dominant. Celui-ci le regarda avec un geste de découragement:

-Il refuse d'intervenir.

-Vous lui avez bien fait comprendre que si l'affaire des talons de chèques sortait, le Ministère sauterait?

-Bien sûr!

-Et qu'a-t-il répondu?

-Que les ministères ne sont pas éternels et qu'ils finissent par sauter un jour ou l'autre, répondit Fribourg l'air désabusé.

Villars laissa transparaître un signe de nervosité et se mit à marcher de long en large. Puis il parla comme s'il s'adressait à lui-même:

-Est-ce qu'il sait seulement que son nom figure sur la liste?

Fribourg ne comprenait pas. Il jeta un regard effaré:

-Son nom? ... Comment ça ... son nom?

-Eh bien oui! son nom. Votre nom, c'est bien aussi le sien?

Fribourg ne réalisa pas tout de suite ce que cette affirmation impliquait. Puis il comprit brusquement le sens des paroles du banquier et se révolta:

-Oh! mais pardon!... moi, je ne suis pas un chéquard... Mes émargements constituent de simples indemnités octroyées régulièrement à un particulier, et qui venaient s'ajouter à mon salaire de directeur de votre filiale.

Villars appuyant les mains sur les accoudoirs du fauteuil occupé par son interlocuteur, se pencha vers lui:

-Vraiment? Vous n'ignorez pas que vous faites partie du conseil d'administration de la Banque de Crédit?

-Je n'ai donné que mon adhésion de principe!

-Et votre signature.

-Vous ne vous êtes tout de même pas servi de mon nom pour couvrir vos opérations?

-Je me suis gêné! Votre nom est la seule part de votre personne qui puisse servir à quelque chose! Pourquoi croyez-vous que je vous ai fait verser cinquante mille francs... par sympathie? Vous avez accepté sans protester qu'on vous ouvre un compte... accepté de payer vos actions par un simple jeu d'écritures... accepté vingt mille francs de jetons de présence et dix pour cent sur les bénéfices... accepté de présider la dernière assemblée générale... vous m'avez couvert quand j'ai distribué des dividendes fictifs. Et, de surcroît, c'est vous qui avez, en tant que directeur du Comptoir pour l'Industrie, signé des chèques pour acheter les voix des parlementaires! Avez-vous raconté tout ça à votre frère?

Fribourg, ahuri, repoussa Villars et s'exclama:

-Voyons ... voyons ... il y a un malentendu ... vous m'avez toujours affirmé que ma responsabilité n'était pas engagée ...

-Oui, et que vous n'étiez là qu'à titre ornemental. Vous trouviez normal qu'on commandite votre paresse? Vous avez été assez sot pour vous faire voler les talons de chèques que j'ai eu l'imprudence de vous confier. Si je dégringole, moi je me relèverai. Mais vous, avec votre particule à revenu variable, vous coulerez à pic. Vous entendez, foutu, vous êtes foutu!

Fribourg, blême, tremblant bégaya, les larmes aux yeux:

-Mais ... mais ... enfin! je n'ai jamais rien connu de vos activités, moi! Je ne sais même pas ce que c'est qu'un bilan!

-Une pièce comptable avec votre signature dessus!

-Et ces chèques que vous m'avez fait signer ... comment pouvais-je savoir que c'était pour acheter des votes?

Villars s'approcha de lui et le prit par le revers de son veston:

-Des chèques que moi je vous ai fait signer? Quels chèques?... Regardez-moi bien, mon petit président. Vous prétendez ne rien savoir? Alors vous vous tairez. C'est bien compris? Sinon vous êtes dedans jusqu'au cou!

Il allait jeter Fribourg à la porte quand celle-ci s'ouvrit. Le directeur parut sur le seuil et dit à voix basse:

-La banque Jarry fait savoir qu'elle regrette... Ils ne peuvent rien faire cette fois-ci.

Villars referma la porte et, faisant un effort pour garder son sang-froid:

-Ah bon!

Fribourg, de plus en plus affolé, l'attrapa par l'épaule et lui cria à la figure:

-Villars! ... je ne survivrai pas au déshonneur! Je vous

préviens ... je suis capable de me suicider!

Le banquier l'écarta brutalement, alla à son bureau, ouvrit un tiroir et en sortit un pistolet qu'il jeta sur le bureau:

-Chiche!

*

Dans la voiture qui le menait à l'hôtel de sa maîtresse, Armand Villars se remémorait les événements d'une matinée fertile. Il devait bien reconnaître que le refus de Cabrissade l'avait momentanément désarçonné et qu'il avait joué un bien piètre rôle. Comment avait-il pu se tromper aussi lourdement sur le compte du journaliste? Un imbécile qui refuse un pont d'or et une situation solide (ou du moins lui avait-il laissé croire!) pour une question de principe! Cela dépassait son entendement. Les grands sentiments n'avaient jamais été le fort du banquier. Aussi l'attitude du jeune homme lui était-elle totalement incompréhensible. Il en méprisait la naïveté, tout en reconnaissant que ce mépris l'avait trompé et fait commettre une fatale erreur de jugement. Désormais c'est Cabrissade qui présentait le plus grand danger. La défection des clients de la banque, la dérobade de son ami Jarry, le refus du frère de Fribourg étaient moins périlleux. Il y aurait des moments difficiles à passer, mais il pouvait compter sur la solidité du réseau financier qu'il avait patiemment élaboré pour s'en sortir. Par contre, ce que détenait Cabrissade ... La disparition à la fois du journaliste et des talons de chèques, c'était incontestablement la solution la plus sûre. S'il fallait en arriver à cette extrémité, il lui faudrait se servir de Catherine et d'Hortense. Il n'y aurait pas de difficulté avec la première.

Mais il soupçonnait que les rapports qui existaient entre la chanteuse et le journaliste pourraient contrarier ses projets. Il faudrait peut-être improviser, et Villars détestait ça!

Catherine apparut à la porte de ses appartements, se forçant à un sourire aimable, mais l'expression du banquier la fit hésiter. Elle posa la question qui lui brûlait les lèvres:

-Tu as vu Philippe Cabrissade?

-J'ai vu Philippe Cabrissade! répondit-il d'un air maussade.

-Ah!... ça n'a pas réussi! J'en étais sûre!

-Pourquoi?

-Quand tu as cet air-là ... et puis tu avais oublié ton porte-bonheur!

Elle alla cueillir un gardénia dans un vase et vint le lui passer à la boutonnière.

-En effet - dit-il - il s'en est fallu d'un gardénia pour que je réussisse! Mais ce Cabrissade, c'est un de ces fous d'idéalistes. Un redresseur de torts. On ne peut vraiment pas raisonner les fanatiques!

Elle lui passa son bras autour du cou:

-Armand ... tu ne vas pas te laisser faire?

-Pourquoi? Tu t'inquiètes pour ton avenir?

-Ne sois pas cynique! Tu sais bien qu'il ne s'agit pas de moi. Je sais qu'ils sont des tas à vouloir ta peau. Tous des envieux et des ratés. Moi, je ne te laisserai jamais tomber. Plus tu seras seul, plus je serai heureuse. Je veux être avec toi dans le malheur!

-Joyeuse perspective!

-C'est que je t'aime. C'est vrai! Je veux que tu me croies. Je ferais n'importe quoi pour toi. Alors tu peux tout me demander!

-Tout?

-Tout, même le pire!

Il détacha les bras de Catherine et l'écarta doucement de lui:

-Alors, calme-toi! Ce soir, tu iras trouver Hortense. Tu l'amèneras ici. Nous souperons. Il y a des papiers que Cabrissade possède ... il me les faut ... crois-tu qu'elle soit capable?...

-Compte sur moi. Je la convaincrai!

CHAPITRE 10

Le dernier tableau de la nouvelle revue des Divertissements Comiques se terminait sur une scène mimant de façon humoristique l'accord Franco-Russe avec un défilé de petites femmes portant des drapeaux. Au milieu d'elles, Hortense, dans le costume d'Yvette Guilbert, saluait le public qui applaudissait avec enthousiasme. Le rideau fut abaissé puis relevé pour un rappel. Hortense s'avança de quelques pas pour saluer et, portant une main à son front, tomba, comme évanouie. Il y eut des cris dans le public. On rabaissa le rideau et les camarades de scène de la chanteuse se précipitèrent, suivis du directeur du théâtre.

-Vite, appelez le médecin de service, cria ce dernier.

Catherine d'Aubigny apparut, venant des coulisses. Le directeur, l'apercevant, l'apostropha:

-Ah! j'aurais dû m'en douter... c'est à cause de vous qu'elle s'est évanouie! Vous ne pouvez pas la laisser tranquille?

-Ne soyez pas bête, vous savez très bien que nous sommes réconciliées.

Deux camarades portèrent Hortense vers le magasin d'accessoires et la déposèrent sur un canapé. Catherine et le régisseur avaient suivi. Ce dernier repoussa les curieux dehors et ferma la porte derrière lui en s'adressant à l'actrice:

-Restez auprès d'elle, je vais chercher le médecin.

Catherine sortit un flacon de sels de son sac et se mit en devoir de le faire respirer à son amie qui releva la tête et fit un clin d'oeil:

-N'aie pas peur! Je n'ai rien. J'ai simplement besoin de ma journée de demain pour aller à la campagne... alors j'emploie les grands moyens!

-Tu es folle... où ça, à la campagne?

-A la guinguette de Tante Berthe... tu sais... celle où nous allions autrefois avec Auguste.

-Qu'est-ce qui te prend de retourner là-bas?

-J'y emmène Philippe... Cat, je suis amoureuse... follement amoureuse. J'adore Philippe. Tu ne peux pas t'imaginer quel être adorable c'est... Tu étais dans la salle?

-Oui... j'ai dîné avec des amis qui n'avaient pas vu la revue.

-Dis... tu ne diras rien à Armand... je t'en supplie... tu sais... lui et Philippe!

Catherine réfléchit quelques secondes. Il lui fallait changer ses plans. Elle se fit rassurante:

-Ne t'en fais pas. Je ne lui en dirai pas un mot.

-On se voit tout à l'heure?

-Non!... non... je suis avec des amis. Ce sont des raseurs. Et puis il faut que tu sois fraîche pour demain.

Elle pouvait lire tout le bonheur dans le regard d'Hortense.

-Tu as raison! Tu ne peux pas savoir comme je suis heureuse. J'ai rencontré l'homme de ma vie!

La porte s'ouvrit, et Hortense feignit à nouveau l'évanouissement. Le directeur, le régisseur et le médecin pénétrèrent dans la pièce. Le praticien s'approcha et se pencha sur la chanteuse:

-Voyons ce qu'elle a cette enfant. Ouvrez la fenêtre... il n'y a pas de fenêtre... alors ne l'ouvrez pas!

Il examina brièvement Hortense qui ouvrit les yeux et fit mine de reprendre ses esprits.

-Alors Mademoiselle, que vous est-il arrivé?

-Oh! simplement un peu de surmenage avec la préparation de la nouvelle revue.

-C'est tout à fait mon avis. Ces petites femmes du spectacle sont charmantes, mais si fragiles! Un peu de repos vous fera le plus grand bien.

Hortense protesta faiblement:

-Mais ce n'est pas possible. Demain c'est dimanche. J'ai deux représentations!

-Il n'en est pas question! Il faut que vous vous reposiez au moins demain. Si tout va bien vous pourrez reprendre lundi.

Le directeur poussa un soupir et, en prenant son parti, se tourna vers le régisseur:

-Puisque c'est comme ça... il faudra prévenir la presse. Nous faisons relâche demain et nous rembourserons les réservations.

Pendant ce temps, Catherine s'était éclipsée silencieusement.

*

Au mauvais temps hivernal des derniers jours avait succédé une de ces journées exceptionnelles de décembre qui paraissent, à l'aube de l'hiver, ranimer les feux d'un été indien. Le soleil commençait à décliner sur la guinguette de la Tante Berthe. Construit sur les bords de la Marne, l'établissement était composé essentiellement d'une vaste salle à laquelle on avait accolé une assez grande véranda. Hortense et Philippe étaient attablés dans cette dernière depuis le début de l'après-midi. Ils savouraient le calme du bord de l'eau.

Dans la salle principale, un homme habillé en chasseur était assis devant un verre vide et une carafe. Il paraissait plongé dans la lecture d'un journal, mais, en réalité, il observait le couple à la dérobée. A côté de lui, un fusil de chasse à canon double était appuyé contre le rebord de la table. Depuis quelques instants la conversation du couple tournait autour du personnage de Villars et, au nom du banquier, l'homme prêta une oreille attentive. La voix d'Hortense lui parvint clairement lorsque la chanteuse s'exclama:

-Je ne savais pas, moi, que c'était un homme comme ça, Armand Villars!

Philippe répondit:

-L'hôtel particulier de cette d'Aubigny, ses chevaux, ses bijoux... tu ne t'es pas demandé qui payait tout ça? Des tas de pauvres bougres qui se sont privés toute leur vie pour épargner, et qui vont crever sans rien! Tout ça parce que tout le monde ferme les yeux!

Il prit deux noix sur une assiette, les cassa d'une seule main et les offrit à Hortense.

-Tu me dis ça à moi! fit-elle avec un petit rire. J'ai toujours entendu dire que papa avait été ruiné par la faillite de l'Union Générale. C'était une banque... et que grand-père s'était jeté de son cinquième étage à cause de la catastrophe du Crédit Mobilier. Alors, tu vois, on était une famille de petites poires!

-Que faisait ton père?
-Ebéniste.
-Et ton grand-père?

-Ebéniste aussi!

-Je t'adore, et j'adore ta famille.

-Pour ce qu'il en reste, dit-elle tristement. Mais moi, après une belle journée comme aujourd'hui, si je mourais ce soir... je serais contente!"

-Embrasse-moi avant de mourir!

Ils s'embrassèrent. Elle murmura:

-Tu es si fort, si sûr de toi!

-Si tu savais au prix de quelles angoisses!

-Dis, tu ne regrettes rien?

-J'ai eu trop de regrets dans ma vie. Il ne m'en reste plus!

Il tira sa montre du gousset:

-Il va nous falloir rentrer. Dire que je n'ai pas encore vu ton logement! Je t'imaginais dormant sur la branche d'un arbre, comme un oiseau!

Philippe perçut dans son visage quelque chose de fragile, comme une aile de papillon. Elle sourit doucement avec l'air de le mettre en garde:

-Méfie-toi. Les oiseaux ont gros appétit!

Philippe consulta l'addition et déposa le montant dans une soucoupe. Hortense tenta de le retenir:

-Tu me dois encore une promenade en barque.

-Mais il fait presque nuit... il fait frais... tu vas attraper froid.

-Mais non! Et puis regarde... la lune est déjà levée.

Elle lui indiqua le ciel. Il la regardait au fond des yeux:

-Il est très beau, le ciel.

Elle fit une petite moue suppliante. Il sourit et l'entraîna vers l'embarcadère. Ils montèrent dans une barque, Philippe prit les rames et ils s'éloignèrent de la rive.

Dans la grande salle, le chasseur s'était levé, avait saisi son fusil et suivi le couple de loin, sur la berge, caché par les roseaux et les buissons abondants.

La barque glissait paisiblement sur la rivière. Hortense s'était allongée dans le fond, effleurant la surface de l'eau de ses doigts. Les deux amants se regardaient, perdus dans leur ravissement. La jeune femme dit tout bas:

-Ça va me faire des souvenirs à économiser pour plus tard... Ces économies-là, c'est un bon placement, aucun Villars ne pourra me les voler... C'est joli, ce bruit des rames dans l'eau.

Une extraordinaire transparence s'exprimait dans ses traits. Philippe s'arrêtait de temps en temps de ramer pour la contempler tendrement.

Depuis la guinguette vint alors la mélodie d'une vieille rengaine que débitait le phonographe de la tante Berthe. Hortense se mit à chanter d'une voix douce et voilée:

"Quand les lilas refleuriront
Au vent des capuchons de laine
Bien des amours renaîtront
Quand les lilas refleuriront..."

Elle se tut un bref instant, puis avec un soupir elle ajouta:

-Maintenant, je vais toujours être inquiète... je vais toujours avoir peur que tu me quittes.

-Si tu répètes encore cela, je t'embrasse!

-Que tu me quittes, que tu me quittes, que tu me quittes!...

Philippe lâcha les rames, et se jetant sur Hortense, se mit à l'embrasser. A ce moment même il y eut un coup de feu et une balle siffla au-dessus de leurs têtes. Philippe se redressa, et réalisant ce qui se passait, cria:

-Eh là les chasseurs!

Il jeta un coup d'oeil sur la rive qui était assez proche, mais un nuage vint brusquement cacher la lune et l'obscurité se fit. Un second coup de feu claqua. Le journaliste se jeta à plat au fond de la barque, avec, en même temps, un geste pour protéger Hortense. Puis il releva la tête avec précaution et entendit un bruit de pas précipités dans les fourrés. Trompé par le mouvement brusque de Philippe, puis par l'obscurité soudaine, l'homme, son coup raté, s'enfuyait. En quelques coups de rames, le journaliste atteint le rivage et sauta à terre. Hortense cria:

-Philippe! qu'y a-t-il? Je t'en supplie, reste avec moi, ne m'abandonne pas!

Mais, pris d'une terrible colère, Philippe se précipita à la poursuite de l'agresseur. Celui-ci s'était arrêté quelques secondes, puis voyant le jeune homme prendre pied sur le bord de la rivière, il fut pris de panique, lâcha son fusil qu'il n'avait pas eu le temps de recharger, s'enfonça dans les fourrés, en ressortit et traversa un espace dégagé. Affolé, il entendit les pas de son poursuivant qui se rapprochait. Il essaya de courir plus vite, mais déjà le souffle lui manquait. Phillipe, plus rapide, plus fort, le rattrapait. Il avait saisi une grosse branche de bois mort au passage. Parvenu à quelques mètres du fuyard, il la lui lança dans les jambes. L'homme, frappé de plein fouet, s'empêtra et tomba. Philippe fut sur lui avant qu'il se relève, le retourna et se mit à lui marteler la figure à coups de poings. L'agresseur haletait et gémissait sous la violence de la punition. Philippe, ne contrôlant plus sa rage, vociférait:

-Qui t'a payé hein... charogne!... Qui t'a payé? Qui t'a dit que j'étais ici?... Tu vas répondre, hein? - il le gifla - Réponds.. sinon!...

Hortense n'avait pas compris immédiatement ce qui se passait. Voyant que Philippe ne répondait pas à son appel, elle quitta la barque et courut dans la direction des deux hommes. Quand elle arriva près d' eux, elle vit Philippe qui terrassait le bandit en le maintenant à terre du genou sur la poitrine. Ce dernier semblait avoir parlé. Philippe, à peine essoufflé, reprit immédiatement son calme et le relâcha:

-C'est bon. C'est tout ce que je voulais savoir!

Il fouilla les poches de l'homme, en sortit des papiers, les vérifia d'un coup d'oeil et dit:

-Allez! Va-t'en../ Pour tes papiers... je les garde... tu pourras venir les retirer demain... ton employeur sait où me trouver!

Il empoigna son adversaire, le releva, et le poussa en lui envoyant un coup de pied dans les fesses. L'homme disparut sans demander son reste. Philippe revint sur ses pas, chercha un moment le fusil, le trouva et l'emporta. Hortense se précipita vers lui et se jeta à son cou:

-Mon chéri... mon chéri... Qu'y a-t-il?

Philippe la repoussa doucement:

-Ce n'est rien, laisse-moi.

Il rectifia le désordre de sa toilette. Hortense était affolée:

-Tu t'es battu. Tu n'as rien?

-Non... Viens...

-Mais... que s'est-il passé? Dis-moi. Qui était cet homme?

Philippe ne répondit pas et se dirigea vers la guinguette sans l'attendre. Hortense le suivit, décontenancée.

*

Ils se retrouvèrent côte à côte dans le fiacre qui les ramenait à Paris. Philippe, l'air soucieux et fermé, n'avait pas prononcé un mot. Hortense regardait en coin l'homme qu'elle aimait, n'osant pas interrompre le fil de ses pensées. Après un long moment, la voix froide de Philippe rompit le silence, une voix pleine de soupçons:

-A qui as-tu dit que je passais ce dimanche avec toi?
-A personne... tu sais bien qu'au théâtre ils me croient malade.
-Et en dehors du théâtre... à qui?
-Mais à personne, pourquoi voudrais-tu?...
-Allons, cherche un peu!

Le visage d'Hortense s'éclaira douloureusement:

-Ah si!... je me souviens... je l'ai dit à Catherine!
-A Catherine d'Aubigny? Quand ça?
-Hier soir.
-Où ça?
-Elle est venue me voir au théâtre.
-Tiens!... et sous quel prétexte?
-Elle est arrivée à la fin de la représentation... juste au moment où je faisais semblant de m'évanouir!
-Quelle marque de confiance! Divulguer un secret comme cela à une amie de la veille! Et tu lui as précisé l'endroit où nous passerions la journée?...
-Oh! elle le connaissait!...
-Comment cela?

-Nous y venions ensemble souvent dans le temps!

Philippe dont le regard inquisiteur ne quittait pas les yeux de la jeune femme dit, à la confirmation des soupçons qui l'assaillaient depuis qu'ils avaient quitté la guinguette:

-Je vous croyais brouillées depuis toujours?

Hortense se récria:

-Mais non!... tout cela n'était que de la mise en scène pour nous faire de la publicité... pour nous faire connaître... mais on est amies d'enfance.

-Tiens, tiens. Et je suppose que Villars... n'est-ce pas? L'ami de mon amie est mon ami!

Hortense réalisa brusquement la méprise de son amant et sentit un gouffre s'ouvrir sous ses pieds. Elle protesta désespérément:

-Philippe!... mon chéri que vas-tu croire là?... Je vais t'expliquer...

Philippe la coupa brutalement:

-Inutile, ne te fatigue pas... j'ai compris!

Il y eut un lourd silence brisé seulement par le bruit du fiacre roulant sur les pavés. Hortense ne savait plus que dire. Elle avait les larmes aux yeux. Philippe ricana:

-J'ai toujours dit que tu avais des talents de comédienne et de chanteuse!... Quand les lilas refleuriront!... Ah! tu chantes bien dans la nuit... Une jolie voix de cible!

Hortense, effondrée, tenta de protester faiblement devant l'accusation à peine voilée:

-Comment peux-tu croire?... mon chéri, je te jure!...

-Serment de cabotin!

La voiture s'était arrêtée et un employé de l'octroi se pencha à l'intérieur, une lanterne à la main:

-Rien à déclarer?

-Rien - répondit Philippe qui en profita pour descendre du fiacre. Il s'adressa au cocher en lui remettant un billet de banque - Déposez Mademoiselle au 12 de la rue des Saules.

Hortense voulut descendre:

-Philippe, je t'en prie! Ne pars pas comme ça... Laisse-moi au moins t'expliquer...

Le journaliste la repoussa, et ferma la portière:

-Inutile. Bonsoir.

Il s'éloigna à grands pas, alors que le fiacre démarrait.

*

Une seule lampe posée sur la coiffeuse éclairait le boudoir de Catherine d'Aubigny étendue ensommeillée sur un divan. Armand Villars arpentait nerveusement la pièce de long en large. Le bruit d'une voiture se fit entendre dans la rue. Le banquier se précipita à la fenêtre, souleva le rideau, et vit la lumière de la voiture tourner au coin de la rue et disparaître sans s'arrêter. Il eut un geste d'énervement inhabituel chez lui. Le bruit avait réveillé Catherine qui souleva la tête et demanda d'une voix endormie:

-Ce n'est pas lui?

Le banquier laissa retomber le rideau et se remit à marcher comme un fauve en cage. Il murmura entre ses dents:

-Mais qu'est-ce qu'il peut bien faire, cet animal? Il y a longtemps qu'il aurait dû rendre compte!

Catherine lui jeta un regard interrogateur:

-Tu es sûr de lui au moins?

-Il m'a été recommandé par Bonnod. Il n'a jamais raté

sa cible!

Sur la cheminée, une pendule Louis XV sonna les onze coups. Catherine s'assoupit à nouveau. Villars s'assit, puis se releva en entendant un fiacre s'approcher au trot et s'arrêter devant la porte de l'hôtel particulier. Une portière claqua et la sonnerie de la porte d'entrée retentit. Il entendit le valet de chambre qui traversait le hall d'entrée pour aller ouvrir. Villars réveilla Catherine:

-Tiens, le voilà. Tu vois... tout vient à point!

Il respira profondément, visiblement soulagé d'un grand poids, jeta un coup d'oeil au passage sur son visage dans un miroir et parut satisfait. Des pas précipités résonnèrent dans l'escalier, et la porte du boudoir s'ouvrit violemment. Hortense entra, échevelée, le visage décomposé par la rage. Sans voir le banquier qui se trouvait dans un coin du boudoir, elle se précipita sur Catherine et se mit à la gifler de toutes ses forces en criant:

-Saleté! Saleté.. c'est toi, hein... c'est toi!

Villars s'avança et la saisit par les épaules pour séparer les deux femmes. Hortense, surprise, se rendit alors compte de sa présence. Elle se retourna brusquement et, à bout de nerfs, s'effondra en larmes sur le divan à côté de Catherine. Celle-ci se leva, remit de l'ordre dans ses vêtements et interrogea Villars du regard. Le banquier vint s'asseoir près de la chanteuse, lui posa doucement la main sur l'épaule et lui parla pour la réconforter:

-Allons Hortense, un peu de courage... Allons... Au fond, ce garçon, tu le connaissais à peine... Il y avait surtout du rêve dans tout cela... des illusions! Tu aurais été déçue un jour ou l'autre... Regarde-moi, je suis ton ami... penses-tu que j'ai agi ainsi par plaisir? J'ai tout essayé avant d'en arriver là... Je lui ai fait des propositions qu'aucun être sensé aurait refusées. Mais avec ces têtes brulées... que faire?... J'ai dû choisir entre lui et moi.

Pendant qu'il parlait, Hortense s'était arrêtée de pleurer. Elle leva lentement le regard vers lui d'un air stupéfait, alors qu'il continuait en se penchant vers elle:

-Alors... c'est oublié? Tu as tout à gagner à te taire... Tu n'as jamais eu à te plaindre de mes libéralités, n'est-ce pas? Tu sais que tu peux me faire confiance... Je paie toujours comptant!

Il voulut lui prendre les mains, mais elle lui échappa et se leva vivement. Avec un ricanement dans les larmes, elle lui cria à la face:

-Imbécile!... mais qu'est-ce que vous croyez ? Votre assassin a manqué son coup. Dieu merci! Philippe est vivant!

Elle quitta le boudoir en courant et dévala l'escalier. Villars jeta un coup d'oeil atterré à sa maîtresse et se lança à sa poursuite. Il la rejoignit dans le hall d'entrée et, la saisissant par le bras, la força à se retourner:

-Qu'est-ce que tu veux dire... vivant!... comment vivant?

-Oui, vivant! cria-t-elle en se débattant. Vous vous êtes servi de moi pour tenter de l'assassiner... et maintenant, lui et moi c'est fini!... Lâchez-moi... vous voyez bien que ce n'est pas la peine de me supprimer, moi, puisqu'il est toujours en vie et qu'il y aura toujours un témoin... Lâchez-moi!

Elle lui échappa dans un violent sursaut et se jeta dehors. Villars, en plein désarroi, remonta lentement vers le boudoir. Il sentait que la situation s'était aggravée ces derniers jours, et lui échappait. Les attaques de ce petit journaliste avaient trouvé des échos inattendus dans le public et dans la presse. Il ne s'était pas rendu compte à temps que le scandale prenait des proportions nationales. Son intelligence des choses de la haute finance avait été prise en défaut, et il n'y était pas habitué. Son nom avait été traîné dans la boue à l'Assemblée Nationale. Il n'avait pas trouvé la faille qui lui aurait permis de faire taire Cabrissade par le chantage. Il n'avait pas réussi à se débarrasser de son adversaire d'une façon ou d'une autre. Et pour couronner le tout, cette bévue impardonnable. On ne peut vraiment faire confiance à personne! Il faudrait tout faire soi-même! L'inquiétude se lisait clairement sur le visage du banquier. Catherine en fut effrayée:

-Alors... tu as été vendu, dit-elle.

-Vendu? Que veux-tu dire?

-Puisque le coup a raté. Ton Bonnier a flanché au dernier moment. Si tu crois que n'importe qui peut tuer un homme de sang-froid, sur commande!

-Ne dis pas de bêtises! Celui-là n'en était pas à son coup d'essai. Je me demande ce qui a bien pu se passer.

-Ça n'a plus aucune importance. Que vas-tu faire maintenant?

La pâleur extrême du visage de Villars, le timbre incertain et presque tremblant de sa voix, son regard las, hésitant, qui avait perdu son assurance, tous ces signes surprenaient et inquiétaient sa maîtresse qui ne l'avait jamais vu sous ce jour. Ainsi, l'homme n'était pas invulnérable! Elle fut troublée et éprouva un sentiment de pitié. S'il flanchait, alors c'était à elle de prendre l'initiative. Elle prit son amant qui s'était affalé sur le divan dans ses bras et le secoua:

-Tu ne vas pas te laisser faire!... il faut voir tes amis... Ils peuvent empêcher le journal de paraître... ils sont puissants tes amis. Ils ne peuvent pas te lâcher après tout ce que tu as fait pour eux!

Villars eut un geste désabusé:

-Tu sais, l'amitié... c'est une fausse valeur! Pour l'escompter, il faut trouver une poire... Dans notre milieu, ce n'est pas facile. Allez... tu ferais mieux de quitter le navire avant qu'il coule!

Elle protesta avec vigueur, révoltée par la démission de l'homme qu'elle aimait:

-Ah! ça non! Il faut se battre! Je vais convoquer ces messieurs qui se disent tes amis. Je leur rappellerai quelques souvenirs...

Villars murmura avec lassitude:

-Comme tu voudras... Après tout, fichu pour fichu!...

*

Le lendemain, vers les trois heures de l'après-midi, il pleuvait de nouveau à torrents. Quelques fiacres et autres voitures de louage stationnaient devant l'hôtel de Catherine d'Aubigny. Un coupé s'arrêta, et un gros homme portant sous le bras une volumineuse serviette en cuir en descendit. Il se dirigea vers deux personnages d'allure bourgeoise, évoluant avec l'aisance d'une fortune évidente, qui venaient de sonner à la porte. Le gros homme les apostropha:

-Qu'est-ce que vous faites là, vous?

-Et vous? répliqua l'un des deux personnages.

-C'est Villars qui m'a convoqué.

-Tiens! eh bien nous aussi!

Un valet vint ouvrir la porte et ils entrèrent. Deux autres hommes, arrivés avant eux, venaient de se débarrasser de leurs manteaux et de leurs parapluies et pénétraient dans le grand salon dont la baie était ouverte. L'un d'eux s'arrêta, surpris de voir que la pièce était déjà occupée par une dizaine d'autres personnages réunis par petits groupes. Il se tourna vers son compère:

-Je croyais qu'il s'agissait, comme on me l'a dit, d'une communication confidentielle!

Le gros homme qui les avait rejoints lui dit:

-Bonjour Bonardel... alors... cette partie s'est bien terminée?

-Pas mal du tout - répondit Bonardel - J'ai gagné deux mille francs.

Le gros homme, qui se nommait Marcellin, regarda autour de lui et émit un petit sifflement d'admiration:

-Dis-donc, tu as vu? Rien que des meubles signés!

-Tu fais l'inventaire?

Le compère de Bonardel se pencha vers eux et chuchota:

-J'espère qu'on va voir la maîtresse de maison.

-Tu crois? Et si Villars aux abois nous abandonnait la d'Aubigny en nous disant: Voilà vos dividendes, choisissez. Quelle part prendrais-tu?

Bonardel répondit avec malice:

-Ben voyons... la cuisse évidemment!

Marcellin les interrompit:

-Allons messieurs, un peu de sérieux! Vous avez lu la '*Libre Parole*' de ce matin?

-Je ne manque pas un numéro. Ça sent le roussi, non?

-Ils n'oseront jamais sortir les noms! Quant au '*Vengeur*', il prétend lui aussi avoir sa liste. Elle compléterait celle de Drumont. Mais est-ce vrai? Avec ces journalistes en quête de scandales, on ne sait jamais où se trouve la vérité!

- Ledit Platon prétend avoir des talons de chèques...

-Comment les aurait-il? Villars n'est pas assez bête pour les lui donner. Il doit sûrement bluffer!

-Je l'espère!

Un individu s'approcha du groupe de Marcellin.

-Vous le connaissez, vous, ce Platon?

-C'est un pseudonyme, répondit Bonardel.

-Bon! Qu'est-ce qu'on attend? - dit Marcellin qui s'impatientait - On n'est tout de même pas aux ordres!

-Vous trouvez ?

-Tout de même! Villars devrait être là... quand on convoque les gens...

Marcellin fut interrompu par l'entrée de Catherine dans le salon. A sa vue, le silence se fit:

-Excusez-moi. C'est moi qui vous ai demandé.

Les visiteurs se tournèrent vers elle, surpris. Elle était vêtue luxueusement, avec un large décolleté qui mettait sa beauté en valeur. Il y eut un mouvement général à sa rencontre, des baise-mains, des salutations, des poignées de mains selon le degré de familiarité qu'entretenait Catherine avec chacun des hommes présents. On entendit des "bonjour chère amie", "bonjour toi", "bonjour ma chère". Elle s'adressa alors à l'ensemble de ses visiteurs:

-Je vous connais tous... plus ou moins n'est-ce pas?... Nous avons tous plus ou moins... dîné ensemble! - cette remarque déclencha quelques sourires entendus. - Alors je me suis permis... Asseyez-vous tous, je vous en prie. Je n'en ai que pour quelques instants, rassurez-vous!"

Chacun des invités trouva un siège. Catherine prit un coffret à cigares et en offrit à la ronde en continuant:

-Vous avez tous lu les journaux. Vous savez donc qui est à l'origine de cette campagne de presse contre Villars et son groupe.

Bonardel, feignant l'igorance, dit sur un ton innocent:

-Quelle campagne de presse?

Catherine se tourna vers lui, dans un mouvement de mauvaise humeur:

-Non mais! vous me faites marcher? Un certain Platon essaie de créer un scandale avec une affaire dont personne n'aurait parlé, et qui n'aurait intéressé personne si tout le monde ne s'en était pas mêlé!

-La formule est fort plaisante! ironisa Marcellin. Personne n'en aurait parlé si tout le monde n'en avait parlé!

-Il n'y a pas de quoi rire. Ou le '*Vengeur*' publie la liste des chéquards, comme il dit, ou il ne la publie pas et cette affaire retombera comme un soufflé trop cuit!

-Je ne goûte guère cette cuisine, fit Marcellin.

-Cessez donc vos plaisanteries déplacées, Marcellin. Il ne tient qu'à vous tous qu'il ne la publie pas!

-Et comment ça? demanda un des visiteurs.

-C'est tout simple. Faites saisir le '*Vengeur*'. Vous avez suffisamment d'influence pour ça!

-Comme vous y allez!... et sous quel prétexte?

Catherine précisa sa pensée avec une logique enfantine:

-Le vol! Cabrissade est un voleur. Où a-t-il pris les talons de chèques? Ils ne lui appartiennent pas. Il ne peut que les avoir volés. Et s'il les a volés, vous pouvez le faire arrêter!

-Comme c'est simple n'est-ce pas? Cependant je doute que les autorités vous suivent dans votre raisonnement , répliqua Marcellin d'un air désinvolte. Et puis, ma chère, cette affaire ne nous concerne pas!

Catherine lui jeta un regard furieux:

-Allez raconter ça à d'autres! Un jour, j'ai trouvé le carnet d'Armand dans sa poche. Vous savez, Armand tient un compte détaillé de ses... interventions... avec les noms et les chiffres!

-Alors vous faites les poches? Bravo! Mais qu'est-ce que ça prouve? dit un autre visiteur.

-Oh! je t'en prie, Gaston!... Tu n'as pas touché vingt-cinq mille francs?

-Comment vingt-cinq mille francs?

-Si tu as dit plus, tu t'es vanté!

Bonardel se leva et, faisant quelques pas vers la sortie, prit l'assistance à témoin:

-Cette scène est d'un burlesque achevé. Je crois que nous pouvons lever la séance!

Catherine alla vers lui et l'arrêta du bras:

-Ne croyez pas que je vous en veux d'avoir touché... au contraire! Vous n'avez pas commis de crime, vous n'avez fait de mal à personne... Si on ne touche pas d'argent dans les affaires d'argent, alors!...

Marcellin les rejoignit:

-Catherine, croyez-vous vraiment que le gros public comprendra ces nuances?

-Le gros public?... qu'est-ce que c'est que ça?... vous savez comment il est fait?... moi je ne le connais pas!

Elle se tourna vers un des visiteurs, homme de grande taille, maigre, l'air sévère, tout vêtu de noir:

-Enfin, vous, Calliet, vous ne pouvez pas faire saisir le '*Vengeur*'?

-Ma chère, c'est dans mes pouvoirs... mais il faut une raison. Si je prenais cette mesure, il me faudrait me justifier, et ce n'est guère aisé!

-Et Cabrissade, est-ce qu'il justifie ses attaques! Enfin, qu'est-ce que c'est que cette affaire de Panama dont on fait tout un monde! C'est une bonne idée. On a décidé de construire un canal pour faciliter les voyages! Quel mal y a-t-il à ça? Tout le monde en profitera.

Tout en parlant de la sorte, elle allait de l'un à l'autre, essayant d'être persuasive. Mais le scepticisme de son auditoire allait grandissant, et elle continuait d'un ton presque désespéré:

-Seulement, une idée pareille, il faut la lancer... ça coûte cher - elle s'énervait - Enfin, le canal de Panama, ça existe!... puisqu'il y a la mer, et Panama. C'est sur la carte... j'ai regardé!...

L'assistance ne l'écoutait plus. Les uns haussaient les épaules, les autres plaisantaient en se moquant ouvertement d'elle. A ce moment, on entendit la voix d'Armand Villars qui venait d'entrer dans le hall. Catherine, aux abois, se tourna vers lui. Elle fut soudain soulagée, car l'homme qui venait à elle avait retrouvé toute sa maîtrise. C'était de nouveau le Villars qu'elle avait toujours connu. Celui-ci disait:

-Allons, messieurs allons! surtout ne nous énervons pas! Excusez mademoiselle d'Aubigny qui s'est affolée un peu vite. Ce matin, je suis allé chez Rouvier. J'en sors.

Il s'adressa alors à Calliet :

-Vous avez carte blanche, mon cher. Il ne tient qu'à vous que cette misérable campagne qui a un instant compromis l'une des plus belles manifestations du génie national cesse immédiatement!

Calliet fit état de ses réticences:

-C'est que l'opinion publique!... Il n'est pas question de commettre un abus de pouvoir.

-Un abus de pouvoir? non certes, mon cher Calliet, il s'agit simplement d'un acte légitime d'autorité qui apaisera cette fameuse opinion publique!

L'un des visiteurs avança:

-Villars a raison. Il faut empêcher la publication de la liste qui pourrait compromettre la réputation de citoyens au-dessus de tout soupçon!

-N'est-ce pas, cher ami! répondit le banquier avec une pointe d'ironie.

Calliet protesta faiblement:

-Mais je n'ai aucun dossier contre Cabrissade!

-J'ai pensé à ce détail! Je vais vous fournir tout ce qu'il faut, répondit Villars en lui montrant la serviette qu'il tenait à la main.

Un autre invité surenchérit:

-Alors, il faut se presser. On a tout juste le temps. Le journal paraît vers dix-sept heures.

Villars entraîna Calliet dans un coin, vers un guéridon et ouvrit la serviette.

-Vous êtes sûr de vos dossiers? demanda l'homme.

-Comme si je les avais rédigés moi-même! répondit le banquier imperturbablement.

Une activité fébrile régnait dans les locaux de l'imprimerie Barandot. On jetait des piles de numéros du journal le 'Vengeur' sur la plate-forme d'un camion à chevaux. Philippe, aidé de l'imprimeur et de quelques typos, chargeait le véhicule dans une atmosphère de hâte joyeuse. Etienne ployait sous le faix des ballots qu'il transportait. Le dernier chargé, le camion démarra immédiatement au galop. Philippe, Barandot, Etienne et les ouvriers essoufflés après le rude effort, restaient sous la pluie qui ne semblait guère les gêner. Le journaliste satisfait s'exclama:

-Ouf! ça y est!

Barandot tira sa montre et constata avec satisfaction:

-Plus de deux heures d'avance!

-Oui, et je suis tranquille maintenant. J'avais comme un pressentiment qu'il fallait faire vite. Je suis sûr que Villars a tenté quelque chose, mais maintenant c'est trop tard pour lui!"

Etienne approuva:

-C'est de la dynamite! Ça ne pouvait plus attendre, hein patron!

Ils rentrèrent s'abriter dans l'imprimerie. Philippe dit en soupirant:

-Dommage qu'on n' en ait pas tiré dix mille de plus!

Barandot le regarda, calme et souriant:

-On en a tiré dix mille de plus!

Philippe, radieux, jeta un coup d'oeil ému a l'imprimeur et lui envoya une grande bourrade affectueuse.

-Sacré cachottier, va!

Il se tourna vers les typos:

-C'est pas tout, les gars... ça s'arrose... chez Mathieu On va boire un verre, c'est ma tournée!

Barandot protesta faiblement:

-On a pris du retard avec tout ça!

Philippe lui répondit sur un ton qui n'admettait pas la réplique:

-Allons, vous l'avez bien mérité. Vous râlerez après!

Tous sortirent, traversèrent la rue en courant, sautant entre les flaques d'eau, et s'engouffrèrent dans un petit bistrot sur la vitre duquel on avait gravé: "Chez Mathieu - Spécialité de Muscadet" Le mastroquet aligna dix verres sur le comptoir et versa le vin. Etienne ne cessait de regarder Philippe avec admiration. Le journaliste s'en aperçut et lui demanda:

-Qu'est-ce qu'il y a, mon bon Etienne?

-Oh patron!... vous êtes formidable!

-Je suis bien de ton avis!

Un typo, sérieux, lui dit:

-C'est vrai. Il est bien ton numéro, Philippe. Ça va faire un de ces bazars!

Un autre l'interrompit en plaisantant:

-Qu'est-ce que t'en sais? Tu corriges sans lire!

-Peut-être, mais en tout cas moi, au moins, je sais lire!

Un des ouvriers s'approcha de Philippe:

-Dites, Monsieur Cabrissade... Si un jour vous aviez besoin d'un collaborateur, pensez donc à moi. Je connais le métier!

-On verra ça, mon vieux. Allez les gars, à la nôtre!

Barandot leva son verre:

-Au succès du '*Vengeur*'. Allez Grand-Père! ajouta-t-il en s'adressant à Manuel le prote. Faites-nous un petit discours. C'est de circonstance.

-Oui! s'exclama bruyamment un des typographes,

un discours, un discours!

-Toi fiche-moi la paix! répondit Grand-Père en bougonnant. Si je veux parler, c'est pas un blanc-bec comme toi qui m'en empêchera!

-Allez Manuel, dit Barandot.

Grand-Père se mit à parler d'une voix simple, cherchant un peu ses mots en s'adressant à Philippe:

-Monsieur... parfaitement... je dis Monsieur, parce que mon père appelait Blanqui Monsieur. Et pourtant ils se tutoyaient. Eh bien! Monsieur, voilà plus de cinquante ans que je suis dans le métier... J'ai commencé en 48, à *'L'Ami du Peuple'*, avec Raspail... un autre Monsieur. J'ai été au *'Cri'*, avec Vallès... un Monsieur aussi! Alors ça me fait plaisir de finir avec *'Le Vengeur'*. Quand je travaille pour vous, c'est comme si je travaillais pour la famille... la grande, la vraie. Alors , avec tous les blancs-becs qui sont ici, je bois à votre santé parce que vous aussi, vous êtes ici, avec nous, alors que vous pourriez être chez les fripouilles du *'Gaulois'*. Vous dites des choses que personne d'autre ne dit, et que vous pourriez être payé pour ne pas dire...

Etienne l'interrompit en approuvant avec force:

-Ah ça! c'est la vérité et je peux en témoigner!

Grand-Père continua avec un petit sourire:

-Et la vérité n'a pas de prix... Alors, si un jour la police voulait vous arrêter sous le prétexte que la vérité est un danger public, j'habite 2 rue Mouffetard, au 5ème à gauche. Il y aura toujours un coin pour vous accueillir... Voilà ce que j'avais à dire... Je bois à votre santé, Monsieur!

Philippe, ému, trinqua avec le vieillard et lui dit:

-Merci... Monsieur!

Puis il s'adressa aux autres ouvriers de l'imprimerie et, levant son verre:

-Messieurs, à votre santé!

A ce moment, Etienne lui donna un coup de coude et lui fit signe du menton:

-Patron, regardez... Mademoiselle Fleury!

Philippe se retourna et aperçut Hortense dehors, au travers de la vitre mouillée. Le visage de la jeune femme ruisselait sous la pluie. Son regard était empreint d'une profonde tristesse. Son air misérable émut le journaliste qui alla ouvrir la porte du bistrot:

-Ne reste pas sous la pluie. Tu vas attraper froid... viens!

Hortense reprit espoir devant la douceur de ton de Philippe. Il la prit par le bras, la fit entrer et l'entraîna dans un coin reculé du bistrot. Barandot fit un clin d'oeil à ses ouvriers et, d'un signe de la main, leur recommanda la discrétion. Ceux-ci s'accoudèrent au bar en tournant ostensiblement le dos au jeune couple.

Hortense se fit implorante:

-Philippe... je n'ai rien fait de mal!... je te jure... Plusieurs fois j'étais sur le point de tout te dire... et puis, j'avais peur de te perdre. Je sais... j'ai agi comme une sotte!

-Et moi, ma chérie, je te demande pardon de ne pas t'avoir fait confiance. Je n'ai jamais vraiment cru que tu m'avais trahie. J'allais venir te demander d'oublier ma colère. J'ai été très injuste..."

-Alors tu me crois! fit Hortense en souriant à travers ses larmes. Oh tu sais!... je ne pensais pas Villars capable de faire une chose pareille!

-C'est le genre d'homme capable de tout... Mais ne parlons plus de tout cela. C'est du passé... tu m'aimes?

-Oh! cette question!

Il sourit à l'idée qui venait de naître dans son esprit et interpella ses amis:

-Messieurs!... Aujourd'hui c'est un très grand jour... Nous allons enfin épingler l'affreux Villars... et je me permets de vous présenter Mademoiselle Hortense Fleury, la future Madame Hortense Cabrissade, et il ajouta tout bas à l'oreille de la jeune femme, si tu le veux bien!

A cette annonce, il y eut des exclamations joyeuses. Les typos se précipitèrent, entourèrent Hortense, lui serrant les mains, tapant sur l'épaule de Philippe. Etienne lui souffla, tout remué:

-Ah! comme je suis heureux pour vous, patron - Puis avec un soupir - Comme vous avez de la chance!

Profondément touchée par tant de marques d'affection, Hortense remerciait gentiment les ouvriers. Mais Barandot doucha l'euphorie générale par un rappel à l'ordre:

-C'est pas tout ça! Nous avons pris un retard qu'il faut rattraper. Alors, au boulot, et en vitesse!

Tout ce monde sortit joyeusement du bistrot et rejoignit l'imprimerie en devisant. Philippe entourait tendrement les épaules d'Hortense de son bras.

-Viens à l'atelier. Nous allons attendre les résultats de la parution du 'Vengeur'. On l'a fait sortir deux heures avant l'heure habituelle. On craignait une manoeuvre de dernière minute de la part de Villars pour le faire saisir...

*

La plupart des invités de Catherine et de Villars étaient sortis de l'hôtel particulier de l'actrice. Avant que Calliet parte, Villars lui recommanda de faire vite car 'Le *Vengeur*' paraîtrait dans la soirée.

-Ne vous faites pas de soucis. Nous allons intervenir sur les locaux de l'imprimerie dans l'heure! assura celui-ci.

Au moment où il franchissait la porte, on entendit la voix d'un camelot dans la rue:

-'*Le Vengeur*'! Révélations sensationnelles! Lisez ... Demandez '*Le Vengeur*'!

Bonardel qui s'apprêtait à monter en voiture héla le camelot qui s'éloignait déjà, acheta le journal, l'ouvrit fébrilement à la deuxième page qu'il parcourut rapidement. Son visage se décomposa. Il revint vers l'hôtel, s'adressant au passage aux autres invités:

-Vous avez vu?... Vous avez vu?

Marcellin l'arrêta d'un geste:

-Quoi donc?

-'*Le Vengeur*' est paru!

-Qu'est-ce que vous dites? demanda Villars qui était sorti précipitamment dans la rue.

Bonardel lui répondit, affolé:

-'*Le Vengeur*' est paru, et il donne les noms!

-Les noms, quels noms?

-Tous... le mien, le vôtre!... tous les noms!

Marcellin se pencha par-dessus l'épaule de Bonardel et lui montra la liste du doigt:

-Je suis là... tenez... et vous ici... en bas!

Un autre invité tenta de se saisir du journal:

-Faites voir!

Bonardel se rebiffa:

-Eh là! Vous voulez bien me laisser lire, non? Vous n'avez qu'à en acheter un!

Calliet s'approcha de Villars sans cacher sa satisfaction:

-J'ai l'impression que Cabrissade vous a pris de vitesse. Ce n'est pas un imbécile, il devait bien se douter de quelque chose. Je ne puis plus rien faire à présent!

Et il s'éloigna pas mécontent. Cela lui évitait une intervention très délicate qu'un jour on aurait pu lui reprocher. Après tout, il devait soigner sa carrière! Villars s'apprêtait à rentrer dans l'hôtel quand un des invités se précipita vers lui et le saisit violemment par les revers de son veston. Il vociférait:

-Tout ça c'est de votre faute. Si j'avais su!

Le banquier se dégagea énergiquement sans se départir de son calme:

-Comment ça? Vous étiez bien content de toucher, hein! Vos scrupules sont bien tardifs!

Il ferma la porte derrière lui. Les invités s'étaient groupés autour de celui qui tenait le journal et on pouvait entendre des échanges cocasses de politesse:

-Il me nomme moi?

-Pourquoi? Vous avez touché?

-Est-ce que ça vous regarde?

-Alors vous êtes sur la liste!

-Montrez!

-Une seconde, nom de Dieu! Vous le saurez bien assez tôt!

-Quel salaud!

-Vous dites?

-Pas vous... Cabrissade!

-Ah bon!

Marcellin enfin intervint:

-Restons calme et ne nous offrons pas en spectacle. Ne restons pas ici. Tout ceci est grotesque. Ce n'est pas le moment de provoquer un attroupement!

-Mais il faut faire quelque chose! s'écria Bonardel. On peut encore faire saisir le journal dans les kiosques!

Marcellin le ramena à la raison:

-Trop tard. On ne peut rien empêcher. On doit déjà s'arracher le journal dans tout Paris!

Un des invités remarqua:

-Vous avez vu? Cabrissade accuse Villars de tentative d'assassinat sur sa personne, et publie la confession du tueur qui s'est mis à l'abri!

-Eh bien, tant pis pour lui. S'il a vraiment fait ça, il n'a que ce qu'il mérite, dit Marcellin.

Le groupe se dispersa, laissant la rue vide. Calliet qui était resté en retrait et avait entendu ces derniers propos, revint vers l'hôtel particulier et entra dans le hall après avoir récupéré le journal. Le banquier y était encore avec trois amis.

-Villars! Vous avez lu?

-Non, quoi?

-Il vous accuse de tentative d'assassinat!

-Vous plaisantez!

-Tenez, voici un exemplaire du journal. Il donne des détails extrêmement précis.

-Il est complètement fou!

-Il prétend qu'on a tenté de l'assassiner hier!

Catherine vint au secours de son amant:

-Ce n'est pas possible. Il ment! Armand est resté ici

toute la journée avec moi. Je puis en témoigner.

-Il publie les aveux de votre homme de main.

Villars, blême, protesta:

-Un faux témoin. Est-ce que j'ai une tête d'assassin!

Calliet lui jeta un regard scandalisé:

-Voilà pourquoi vous me pressiez de faire saisir le journal! C'est votre peau que vous vouliez sauver. Un quart d'heure de plus et je me rendais complice d'une tentative de meurtre! Et avec un dossier que vous aviez truqué, n'est-ce pas?

-Mais puisque je vous dis qu'il ment, dit Villars en haussant dédaigneusement les épaules. Il se dirigea vers le salon, mais les trois personnages qui étaient restés avec lui le suivirent, et l'un d'eux lui demanda soupçonneusement:

-Mais d'abord... comment ce journaliste s'est-il procuré les talons de chèques?

-Oui, au fait, pourquoi ne les aviez-vous pas brûlés? demanda le second.

-Vous nous avez trahi, accusa le troisième. Vous avez gardé ces talons dans l'intention de nous faire chanter n'est-ce pas!

-Vous vous imaginiez que j'allais vous couvrir... que nous allions tous marcher dans vos combines, dit Calliet vertement. Mais pour qui nous prenez-vous?

-Il y a longtemps que vous nous bluffez! reprit le troisième. Vous n'espérez tout de même pas que nous allons nous solidariser avec vous, maintenant qu'il s'agit d'une affaire criminelle! Quand vous nous avez remis ces chèques, avec une insistance qui m'a toujours paru suspecte, vous vous êtes bien gardé de nous dire l'usage que vous feriez de nos noms!

-Vous avez abusé de notre honnêteté et de notre bonne foi! cria le second compère d'un air offusqué.

-C'est absolument vrai! dit le premier en prenant les autres à témoin. N'est-ce pas, messieurs? Si nous avions su que nos noms devaient servir de paravent à des opérations frauduleuses, aurions-nous accepté cet argent?

-Evidemment non! La question ne se pose même pas!

-Le dépôt que Villars nous a confié, reprit le premier, cet argent nous allons le restituer!... et tout de suite encore!... jusqu'au dernier centime!

-Parfaitement, et tout de suite!

Le second compère approuvait chaudement:

-Très juste. Il nous faut rendre les fonds avant l'intervention de la justice. Dans notre esprit il ne s'agissait évidemment que d'une simple avance... d'un prêt sans intérêts, en quelque sorte!

-C'est la stricte vérité, sans quoi, vous pensez bien!...

Villars les toisa d'un regard méprisant:

-Je vois que tous les rats quittent le navire! Je n'en attendais guère mieux de votre part... Mais je m'arrangerai pour que vous ne sortiez pas blanchis de cette histoire... Vous pouvez compter sur moi!

Catherine rouge de rage, le regard étincelant, se jeta sur le groupe et les repoussa vers la porte d'entrée. Elle hurla, déchaînée:

-Tas de salauds!... ordures!... lâches!.... vous vous dégonflez!... vous avez encaissé, eh bien vous allez rendre des comptes!... Et maintenant fichez le camp! Je ne veux plus vous voir...Vous empestez la charogne! Ouste! déguerpissez, on ferme les portes... Dehors la vermine!

L'un des amis en fuyant devant cette furie qui le bourrait de coups, cria:

-Mais vous êtes folle! Elle est complètement folle... en voilà des moeurs!

Catherine arracha les manteaux du vestiaire, les leur jeta à la tête et les poussa dehors. Elle hurlait:

-Des moeurs! des moeurs!... je vous en ficherai des moeurs!... à l'égout!

Elle saisit une poignée de parapluies et les lança sur le trottoir. L'altercation avait attiré des passants qui jouissaient du spectacle en se moquant. Catherine continua:

-Vous me répugnez tous! Dehors, la canaille!

L'un des 'amis' tenta de la calmer, mais elle le repoussa avec une telle violence qu'il dégringola l'escalier de l'entrée et s'étala dans une flaque d'eau. Puis elle ramassa le chapeau qui avait roulé à terre et le lança dans sa direction:

-Tiens! tu oublies ton chapeau. Reprends-le vite, il ne faut surtout pas le laisser traîner ici. C'est compromettant, un chapeau!

Un attroupement de badauds s'était formé. Catherine leur cria:

-Ah! vous pouvez bien les regarder! C'est du propre. Savez-vous ce que c'est que ça? Des chéquards... les fameux chéquards... vous savez, ceux qui ont touché de l'argent dans le scandale de Panama. Eh bien! les voilà!

Elle se retourna, entra dans l'hôtel et claqua la porte. Elle retrouva Villars assis dans un fauteuil du salon, abattu. Elle était encore en colère, essoufflée, et répétait:

-Les salauds... les salauds... les lâches!

Elle remarqua le journal à terre à côté du fauteuil du banquier:

-Qu'est-ce qu'ils racontent?

-Tout!

-Tout?

-Oui!... le scandale... à cause d'un individu sans crédit, sans surface! Quelle misère... Mais je ne céderai pas. Ils ne me connaissent pas. Ils vont se rendre compte que Villars, ce n'est pas n'importe qui!

A ce moment, on sonna à la porte d'entrée. Catherine alla ouvrir elle-même. Elle se trouva devant Jean, le valet de son amant. Celui-ci, un peu gêné lui dit:

-Madame... je cherche Monsieur Villars. Madame la Comtesse est au plus mal. La soeur de Madame la Comtesse le fait demander d'urgence au domicile de Monsieur.

Catherine calmée répondit:

-Monsieur Villars est ici. Je le préviens. Allez dire à la soeur de Madame la Comtesse qu'il arrive tout de suite.

CHAPITRE 11

L'entrée de l'hôtel de Grandpré était plongée dans la pénombre quand Villars y pénétra. Jean l'attendait. Le banquier lui jeta un coup d'oeil interrogateur. Jean haussa imperceptiblement les épaules d'un air ignorant:
   -On m'a seulement dit de prévenir Monsieur que Madame la Comtesse a eu un grave accident.
   -Quel genre d'accident?
   -Je l'ignore, Monsieur.
   A ce moment en haut, sur le palier de l'étage, Clotilde, la soeur de la Comtesse, apparut. C'était une femme de cinquante ans, au visage revêche. Elle s'adressa au valet d'une voix sèche qui n'admettait pas la réplique:
   -C'est bien, Jean. Nous n'avons plus besoin de vous.
   Celui-ci jeta un regard au banquier pour demander sa permission. Ce dernier lui fit signe qu'il pouvait partir. Clotilde descendit l'escalier et se planta devant son beau-frère qui, irrité par la présence de cette femme qu'il détestait, demanda froidement:
   -Qu'est-ce que tout ça veut dire? Ma femme a eu un accident?
   -Elle s'est empoisonnée au laudanum. Thérèse l'a trouvée râlant sur le tapis de sa chambre. Elle nous a immédiatement prévenus, parce que nous on sait où nous trouver!
   -Et le docteur?
   -Germain est allé le chercher. A cette heure-ci... et tu ne

te doutais de rien?

-Evidemment!

-Il est vrai que tu la voyais si peu! Hier, à la maison, à dîner, elle nous avait semblé inquiète... elle lit les journaux, elle!

Villars haussa les épaules et se dirigea vers l'escalier. Clotilde se mit en travers de son chemin:

-Tu n'enlèves pas ton pardessus?... Tu n'as tout de même pas l'intention de retourner d'où tu viens?

Armand la toisa avec une indifférence méprisante, et ôta son pardessus:

-Ça ne te regarde pas!

Elle le saisit par le bras:

-D'où viens-tu?

-D'une réunion d'affaires.

-Une réunion d'affaires! Elles sont propres, tes affaires!

-Je me fiche de ton opinion!

Il lui fit lâcher prise brutalement et commença de monter l'escalier. Mais elle fit quelques pas rapides pour repasser devant lui. Armand lui dit d'un air menaçant:

-Tu vas me laisser monter voir ma femme!

-Ta femme! Tu es content de toi! Un scandale de plus. Tu te sens dans ton élément, hein?

-Quel scandale de plus?

-Qu'est-ce que tu t'imagines? Crois-tu qu'on ne cherchera pas les raisons de cet empoisonnement? Il sera facile de les trouver. Ma soeur ne s'est pas suicidée pour passer le temps, elle si croyante! Elle avait honte de vivre avec un homme comme toi, qui affiche cyniquement ses liaisons crapuleuses, et qui ne respecte même pas celle qui porte son nom. C'est toi qui l'as assassinée!

Villars furieux la poussa de côté et recommença de monter vers la chambre de sa femme:

-Tais-toi donc, idiote!

Mais elle le poursuivait, folle de colère:

-Oui! L'idée de finir sa vie avec un banqueroutier, quelle belle perspective! Tu patauges dans la boue, et tu y traînes le nom des Grandpré. Assassin! Ma soeur était trop propre pour toi!

Sans prêter plus d'attention aux propos de sa belle-soeur il entra dans la chambre de la Comtesse. Clotilde se tut. Thérèse, la gouvernante de Mme Villars était au chevet de sa maîtresse. Il s'approcha du lit et fut frappé par la pâleur de sa femme dont la respiration était superficielle et haletante. Il se pencha vers elle et saisit sa main moite et froide. Elle n'eut aucune réaction. Le banquier jeta un regard à Thérèse. Celle-ci fit un geste d'impuissance.

-Le médecin? demanda Villars.

-Germain est parti aussitôt le chercher. Il ne devrait pas tarder.

-Vous lui avez bien précisé d'appeler le Professeur Martinon?

-Oui Monsieur.

Clotilde qui s'était rapprochée d'eux protesta à voix basse:

-Vous ne pouviez pas faire appel à un médecin de quartier au lieu de courir après ce mondain?

Villars répondit vertement:

-Le Professeur Martinon est une des sommités de la médecine française. Je lui fais toute confiance!

-Ça fait tout de même plus d'une heure que Germain est parti à sa recherche, et ton grand professeur n'est toujours pas là!

A ce moment on entendit du bruit dans le hall d'entrée, et après quelques instants la porte de la chambre s'ouvrit pour livrer passage au médecin. Celui-ci alla vers Villars d'une façon désinvolte, un large sourire aux lèvres et dit à voix forte:

-Bonjour cher ami. Excusez ce petit retard... j'étais au Cercle. Quand on m'a prévenu, j'avais une de ces mains!... superbe... enfin, ce sont les inconvénients du métier, n'est-ce pas? Alors, que se passe-t-il?

Devant l'air jovial, peu en situation du praticien, Villars répondit froidement:

-Ma femme... elle s'est empoisonnée au laudanum.

-Non? Mais enfin, qu'est-ce qui lui a pris?

-Je ne sais pas. Vous savez, les femmes!...

Martinon se pencha sur Mme Villars et l'examina. Le pouls d'abord, puis les pupilles. Enfin il l'ausculta. Chaque fois, il commentait d'une façon confiante:

-Bon!... Très bien!... Parfait!... Bravo!...

Il se releva, se dirigea vers le guéridon sur lequel il avait déposé sa trousse en entrant:

-Je vais lui faire une piqûre pour dégager les reins... Voilà. Il n'y a plus qu'à attendre.

Villars le raccompagna sur le palier et, après avoir refermé la porte de la chambre derrière lui, demanda:

-Alors docteur, elle s'en sortira?

-Ça mon cher, je n'en sais rien! Vous savez que sa santé est fragile... le coeur. Mais il faut surtout craindre une défaillance respiratoire... Enfin, surveillez-la et rappelez-moi au besoin. Vous me trouverez au Cercle... A bientôt cher ami. Et ne vous en faites pas. Les femmes fragiles sont beaucoup plus résistantes qu'on le croit!

Après le départ du Professeur, Villars retourna dans la chambre et fit signe à Clotilde et à Thérèse de sortir. Sa belle-soeur protesta:

-Je suis sa soeur... j'ai bien le droit!...

-Vous avez tout juste le droit de vous taire. Sortez! répondit le banquier d'une manière si menaçante qu'elle fut prise de peur et suivit la gouvernante.

Resté seul, Villars vint s'asseoir près du lit et resta un long moment à scruter le visage de sa femme. Un observateur attentif aurait pu détecter dans son regard habituellement impassible un léger frémissement de douceur. Comme si elle avait soudain eu conscience de ce regard, la Comtesse bougea et ouvrit les yeux. Elle sourit faiblement en voyant son mari si proche d'elle. Villars se pencha et murmura à son oreille:

-Amélie... pourquoi?

Elle haletait, et répondit dans un souffle:

-Je vous l'avais bien dit, Armand, que je ne pourrais supporter le déshonneur!

-Je ne souhaitais pas ce qui est arrivé.

-Je vous crois, Armand - Elle montra du doigt un exemplaire du *'Vengeur'* qui traînait à terre à côté du lit - vous semblez vous compliquer l'existence bien inutilement!

Armand Villars se sentit un peu coupable. Il répondit avec un accent de regret:

-Je gâche surtout la vôtre... et pourtant!

Il s'interrompit. Un aveu lui était pénible, mais il finit par admettre:

—Pourtant je vous aime... très profondément... très sincèrement... mais si mal!

La Comtesse fut touchée par l'accent de son mari. Une larme coula le long de sa joue:

—Hélas! nous n'appartenons sans doute pas au même siècle, vous et moi.

—Sans doute, Amélie... J'ai beaucoup réfléchi ces dernières heures. Dans ces circonstances pénibles, je me suis rendu compte que vous êtes la seule personne que je voudrais... vous allez sourire... que j'aurais voulu rendre heureuse! Hélas, il ne me reste que des regrets!

—Mais, heureuse je l'ai été, car je n'ai jamais cessé de vous aimer.

—Vous avez tout de même voulu mourir.

—Pour vous débarrasser d'un fardeau inutile!

Villars sourit amèrement:

—Ah! si seulement vous me détestiez... comme les choses seraient simples... alors...

Les yeux de la Comtesse se troublèrent, son regard se fit vague. Elle respirait de plus en plus difficilement. Armand ne s'en rendait pas compte et continuait:

—J'ai bien réfléchi... Je crois qu'il est préférable que nous nous séparions... Mes affaires se sont légèrement aggravées depuis quelque temps. Je ne veux pas que vous soyez mêlée à certaines polémiques... Je suis terriblement égoïste, et si je vous savais malheureuse... enfin... plus malheureuse... ça me serait extrêmement désagréable... Naturellement je vous laisse tout. Je réglerai toutes nos affaires à votre avantage. Vous ne serez jamais dans le besoin... Ne me questionnez pas!... je vous mentirais.

Mme Villars ne répondit pas. Son regard était d'une fixité effrayante. Elle avait cessé de respirer. Villars la regarda, passa la main sur le front moite de sa femme:

-Amélie!... est-ce que vous m'entendez?

Puis il se rendit compte de la réalité. Il était triste mais se sentait incapable de verser la moindre larme. Il eut un geste de découragement et se laissa aller dans son fauteuil. Le silence qui régnait depuis de longues minutes fut soudainement interrompu par un tumulte provenant du hall d'entrée. On montait à pas précipités l'escalier. La porte s'ouvrit violemment. Charles, les yeux hagards entra et, apercevant sa mère allongée sur le lit, s'écria:

-Maman!

Villars se leva et alla vers lui pour l'empêcher de s'approcher en le saisissant par les épaules:

-Allons, Charles... du calme mon petit... ta mère...

-Quoi? Laissez-moi passer!

Il se libéra et courut s'agenouiller au chevet du lit. Il comprit alors que la Comtesse était morte et s'effondra, secoué par les sanglots. Villars vint vers lui et l'étreignit:

-Tu sais... ta maman et moi... malgré les apparences, nous nous aimions... c'est vrai et j'ai beaucoup de chagrin! Tout ça c'est de la faute d'un petit journaliste en quête de scandale... ta maman n'a pas supporté ses mensonges... que des mensonges! Ces journalistes ne savent même pas tout le mal qu'ils peuvent faire, rien que pour se faire connaître... mon petit, il va falloir être fort, et faire face!

Il s'était assis sur le bord du lit à côté de Charles. Celui-ci se releva. Ses yeux tombèrent sur le numéro du '*Vengeur*' qui était à terre. Il le saisit, parcourut les titres et regarda d'un air d'incompréhension.

-Tu vois, dit le banquier, le mal que cet homme nous fait à tous!

-Mais ce qu'il écrit?

-Il n'y a pas un mot de vrai. Une vengeance parce que j'ai refusé de l'engager aux '*Echos*'... malgré ses menaces de chantage. Ta pauvre maman en est la victime!...

Il s'arrêta en voyant l'expression de son fils adoptif changer. Charles replia le journal presque calmement et sortit de la chambre à pas résolus.

-Charles... où vas-tu? lui cria le banquier.

Il ne reçut aucune réponse et, après quelques instants, il entendit la porte d'entrée claquer. Il se rendit sur le palier et interrogea Jean qui se trouvait dans le hall. Celui-ci lui dit:

-Monsieur Charles vient de sortir.

-Ah! et quel air avait-il?

-Il avait l'air tout à fait calme, Monsieur.

-Bon, très bien!

*

Les ouvriers de l'imprimerie Barandot s'étaient remis au travail. Philippe et Hortense étaient montés dans la chambre attenante au bureau du '*Vengeur*', en se tenant par la main. Leurs visages étaient éclairés d'un égal bonheur. Ils s'enfermèrent dans la pièce. Le journaliste se tourna vers Hortense avec une expression de tendresse:

-J'ai failli être assassiné et j'ai échappé à la mort!... J'ai failli te perdre et je t'ai retrouvée. La chance me sourit. Il faut la remercier... viens ici!

Il ouvrit tout grand ses bras. Elle hésitait, n'osant pas encore croire complètement à son bonheur. Elle demanda timidement:
-C'est vrai ce que tu m'as dit devant tout le monde?
-Tu en doutes?
-Non, mais c'est si merveilleux!
Elle vint se caler dans ses bras. Philippe lui murmura à l'oreille:
-Réfléchis bien... dans quelques secondes il sera trop tard! - il referma lentement ses bras en parlant - la porte se referme... c'est fini... l'oiseau est dans la cage! Comment es-tu sur ma vaste poitrine?
Elle se serra très fort contre lui:
-J'y suis si bien... je me sens protégée. Plus rien ne peut m'atteindre.
A ce moment on frappa à la porte du bureau. Philippe dit tout bas:
-On ne répond pas!
-Non, on ne répond pas!
-Mais c'est peut-être la chance qui frappe à nouveau à la porte!
-Alors on répond!
Philippe la laissa, pénétra dans le bureau et alla ouvrir. Il se trouva devant un jeune homme qu'il ne connaissait pas et lui demanda:
-Vous désirez?
-Monsieur Cabrissade, du '*Vengeur*'?
-Oui, que puis-je faire pour vous?
Sans dire un mot, Charles pointa le pistolet qu'il dissimulait derrière son dos et fit feu à bout portant sur le journaliste. Celui-ci, mortellement atteint, trébucha en avant et s'affala sur

le jeune homme qui se dégagea avec un geste d'horreur et commença de descendre l'escalier précipitamment. Hortense avait entendu la détonation. Elle arriva en courant dans le bureau et voyant Philippe allongé le visage contre le sol dans une mare de sang, hurla:

    -Philippe! Mon Dieu! Philippe... au secours!

Un typo sortit de l'atelier et, réalisant immédiatement ce qui s'était passé, suivi de deux collègues, se précipita sur Charles qui avait presque atteint la rue, et le maîtrisa.

*

Armand Villars s'était retiré dans le salon. La mort de sa femme semblait l'avoir atteint plus qu'il aurait cru. C'était vraisemblablement l'accumulation de tous ces événements contraires qui l'avait rendu plus vulnérable. En somme, il avait été assez sincère avec la Comtesse. C'était vrai... il avait aimé sa femme... d'une certaine façon... comme on aime un chien fidèle. Il se jugeait avec lucidité et se savait incapable d'un attachement passionnel. La moindre sentimentalité lui faisait horreur. Et peu à peu la réalité de la mort de son épouse s'estompait. Il fallait vite l'oublier. Ce qui comptait désormais, c'était de tendre toute sa volonté à la recherche d'un moyen pour redresser une situation compromise. Il n'entendit pas la sonnerie de la porte d'entrée et fut surpris quand Jean vint lui annoncer l'arrivée du directeur de la Banque Parisienne de Crédit. Celui-ci fit son entrée et Villars lui demanda la raison de sa visite:

    -La Préfecture a donné l'ordre de fermer les grilles de la banque.

-Pour quelle raison?
-Les guichets étaient assiégés... sans l'intervention de la police...
-Et le personnel?
-En congé jusqu'à nouvel ordre... sur les conseils du commissaire.
-Mais ça ne peut que provoquer la panique! Vous n'avez pas protesté?
-Le public s'écrasait dans le hall et manquait de tout saccager! Il a bien fallu suspendre les paiements. Les caisses étaient vides!

Villars était furieux et protesta énergiquement:
-Vous auriez dû résister, tenir bon, hausser le ton!
-Si j'avais fait cela, ils auraient mis le feu aux bureaux!
-Et après? C'est ce qu'on pouvait espérer de mieux! La comptabilité pulvérisée... plus de preuves... plus rien! Tout se serait envolé, en cendres! Il fallait les laisser incendier tout ça!

Le directeur le regarda d'un air effaré, se demandant si Villars devenait fou. Celui-ci l'entraîna dans le hall d'entrée, saisit son pardessus et son chapeau:
-Allons-y! Il n'est peut-être pas trop tard!

Ils montèrent dans le fiacre qui avait amené le directeur. Pendant le trajet, Villars demanda:
-Vous n'avez pas eu l'idée de brûler les papiers?
-Comment... quels papiers?
-Vous savez aussi bien que moi... Ne soyez pas naïf! Il va y avoir une perquisition.
-Je n'ai pas cru devoir prendre sur moi...
-Vous auriez dû. Vous manquez d'initiative mon cher. Enfin... peut-être arriverons-nous à temps.

Ils arrivèrent dans la rue où se trouvait la banque et furent arrêtés par un agent de police:

-On ne passe pas!

Villars se pencha à la portière et s'adressa à l'agent:

-Qu'est-ce que c'est?

-Un barrage, Monsieur. Il est interdit de passer.

-Pourquoi?

-Un attroupement d'excités devant la Banque Parisienne!

Le banquier dit d'un ton autoritaire qui ne souffrait pas la discussion:

-Je suis le Président du Conseil d'Administration de la banque, et je suis accompagné de son directeur. Veuillez faire circuler devant ma voiture!

Impressionné l'agent, après une brève hésitation, fit signe au cocher d'avancer:

-En avant!

Il se mit en marche devant la voiture, refoulant la foule des badauds, dont certains, mécontents, s'écartaient à regret. D'autres, curieux, jetaient un coup d'oeil dans la voiture. L'un d'eux cria:

-Ça doit être le juge d'instruction!

Le fiacre arriva devant le barrage de police. Une foule considérable s'était amassée aux abords des grilles de la banque. Les gens étaient fébriles, certains individus étaient particulièrement agressifs.

Un brigadier qui n'avait pas vu l'agent, s'adressa au cocher:

-Qu'est-ce que vous fichez ici? On ne passe pas. Allez, circulez!

L'agent s'approcha et cria par-dessus les têtes:

-C'est le président de la banque!
Ces mots provoquèrent des remous dans la foule. La voiture s'arrêta et le banquier en descendit. Il fut immédiatement pris à partie par un individu surexcité:
-Ah! le voilà! C'est Villars... le forban... la canaille!
Villars l'écarta brutalement et passa, mais fut saisi par un autre homme qui prit la foule à témoin:
-Oui, c'est lui, je le reconnais! L'escroc! C'est lui qui nous a volés!
Des insultes fusèrent et la foule déferla sur lui. Des poings se dressèrent, des mains le happèrent. On l'agrippait par les manches, par le col de son pardessus. Son chapeau tomba. Il était pris à la gorge, frappé au visage. Il perdait pied. Les agents qui se trouvaient devant la porte de la banque vinrent à son secours et le dégagèrent. Il se précipita vers la porte qu'un policier avait entrouverte et s'y engouffra.
Le visage sanguinolent et ruisselant de pluie, les manches de son pardessus déchirées, le col et la cravate arrachés, Villars, haletant se retrouva seul, dans le hall vide. Il était ébranlé, réalisant qu'il avait échappé de justesse au lynchage. Il se sentait comme un animal traqué, assiégé dans sa tanière. Pour la première fois de sa vie il avait peur. Peur de cette foule aux réactions imprévisibles. Il commençait de douter de sa capacité à reprendre le contrôle de la situation. Il était sur un terrain mouvant, auquel il n'était pas préparé. Ce n'étaient plus les duels à fleurets mouchetés de la haute finance, mais une véritable guerre dans laquelle il risquait sa peau.
Le directeur entra. Villars entendit le tumulte de la rue et demanda d'une voix encore mal assurée:
-Que se passe-t-il?

-Un détachement de cuirassiers vient d'arriver et fait évacuer la rue.

Villars poussa un soupir de soulagement, reprit ses esprits:

-Bon! Je vais profiter de ce répit pour mettre un peu d'ordre dans les dossiers. Je n'ai donc plus besoin de vous. Pouvez-vous passer chez mademoiselle d'Aubigny, vous savez qu'elle habite tout près d'ici, et lui dire de me rejoindre au plus tôt?

Le directeur s'inclina. Villars ajouta:

-En partant, prévenez le factionnaire à la porte pour qu'il la laisse entrer.

Le directeur sortit et exécuta les consignes. Villars monta un escalier, enfila un couloir. Les portes étaient ouvertes, et les bureaux déserts. Tout au fond de ce couloir était situé le grand bureau de la comptabilité. Il y pénétra. Un feu se consumait dans la cheminée. Le banquier ouvrit les armoires, sortit des classeurs et tria leur contenu sur une grande table. Il jeta dans le feu tout ce qui pouvait paraître compromettant. Il oeuvrait avec fébrilité. Après une vingtaine de minutes, il s'arrêta, partiellement satisfait. Un feu joyeux brûlait dans la cheminée. Il entendit Catherine entrer dans le hall et lui cria:

-Je suis en haut. Monte!

La jeune femme le trouva arpentant la pièce de long en large. Elle alla vers lui et le prit dans ses bras:

-Dans quel état te voilà! Qu'est-ce qui t'est arrivé?

-La foule... quand je suis arrivé, ils attendaient devant les grilles... complètement fous... ils m'ont sauté dessus... ils m'auraient tué s'il n'y avait pas eu la police. - Sa voix s'était remise à trembler à l'évocation des événements. - Je suis tout seul! Ils me laissent tous tomber... demain, quand l'huissier viendra les saisir, ils ramperont!

—Comment? les huissiers...

—Oui! Tout mon système bancaire est en train de sauter. Heureusement il y a le reste. J'arriverai à m'en sortir, mais j'ai besoin de temps pour me retourner. Dis, tu ne crois pas qu'ils vont venir m'arrêter?

—Pourquoi t'arrêteraient-ils? Tu m'as toujours dit que tout était légal!

—Bien sûr. Mais cette histoire de tentative d'assassinat sur Cabrissade?

Catherine se fit rassurante:

—L'assassin a disparu n'est-ce pas? Il ne risque pas de réapparaître pour se livrer à la justice! Il risque trop gros. Alors, ses aveux, c'est Cabrissade qui les a inventés!

Les yeux du banquier brillèrent d'espoir:

—Mais c'est vrai! Tu as raison. C'est la parole de Cabrissade contre la mienne. Et tu peux témoigner!

—Tu vois qu'il n'y a pas lieu de s'inquiéter.

—Tout ça sent le complot. Ils ont payé ce journaliste. J'ai fait comme tous les directeurs de banque n'est-ce pas? Le gouvernement a fermé les yeux. Il savait pourtant bien comment on opérait! Ce n'était un secret pour personne. Mais maintenant ils veulent que je leur serve de bouc émissaire, comme si de Reinach ne suffisait pas! S'ils me poursuivent... ils ne s'en relèveront pas. Tout le monde est dans le bain... ils n'ont aucun intérêt à provoquer un débat public... ils n'oseront pas m'arrêter, sinon ce serait déjà fait n'est-ce pas?... Mais il y a cette foule!... tu ne peux pas t'imaginer ce que c'était! Des fauves. Ils en voulaient à ma peau!

Au fur et à mesure qu'il parlait, son débit se précipitait.

Catherine était sidérée par des propos qui devenaient de plus en plus incohérents. Il prit ses mains. Il y avait une curieuse lueur d'affolement dans son regard et il continuait:

-Evidemment... ils vont me laisser fuir... que je débarrasse le plancher, c'est tout ce qu'ils souhaitent! Après seulement, ils signeront un mandat d'arrêt... pour sauver les apparences.. c'est bien ça, dis?

Elle acquiesça d'un air de commisération. Il reprit:

-Alors écoute... pendant que je vais passer chez moi boucler ma malle, toi, tu vas aller à la gare et tu me retiendras une place pour... pour Calais! De là, je passerai en Angleterre. Là-bas j'ai de gros intérêts et des amis. Je pourrai reprendre les choses en main. Alors vite! vas-y!

Catherine le regarda avec un air de surprise:

-Comment, une place? Et moi?

A cette question, Villars retrouva soudainement toute sa morgue:

-Comment, et toi?

-Oui, et moi!

Il lança, d'un air irrité:

-Tu ne comprends pas l'anglais que je sache!

Catherine devint livide. Villars s'aperçut du désespoir de sa maîtresse et ajouta, d'un ton radouci:

-Allons, ma petite Catherine! Tu ne pensais tout de même pas que... Je n'ai jamais rien dit qui puisse te faire croire... nous avons passé de très bons moments ensemble. Tu as été une maîtresse parfaite!... mais je viens de perdre la seule personne au monde que j'aurais pu aimer.

Il lui prit le menton:

-Je te fais cadeau de l'hôtel particulier, et j'ajoute une

rente que j'ai constituée pour toi. Tu ne manqueras de rien. Tu pourras te trouver un beau jeune homme oisif qui occupera tes nuits!

Catherine ne put réprimer une larme:

-Tu es toujours aussi cynique! Tu ne m'as jamais vraiment aimée?... même un tout petit peu?

-Je n'aime jamais, même un tout petit peu! Allez, tu m'oublieras vite!

A ce moment une voix derrière eux interrompit leur conversation:

-Monsieur Armand Villars?

Le banquier se retourna. Trois hommes étaient sur le seuil du bureau.

-Oui, c'est moi.

L'un d'eux s'avança, le chapeau à la main, et se présenta très courtoisement:

-Je suis Monsieur Charrois, Chef de la Sureté.

Villars tout aussi aimable répondit:

-Je suis enchanté, Monsieur. Qu'est-ce qui me vaut l'honneur?

-Malheureusement une mission très pénible, et qui me chagrine personnellement fort, Monsieur!

-Et c'est?

-Je suis hélas porteur d'un mandat d'amener à votre encontre.

-Et pour quel motif?

Monsieur Charrois, visiblement mal à l'aise, précisa:

-Pour tentative d'assassinat sur la personne de Monsieur Philippe Cabrissade, rédacteur en chef du journal 'Le Vengeur'. Je suis en même temps porteur d'une triste nouvelle, Monsieur.

-Ah! et laquelle?

-Votre fils, Monsieur Charles Villars, vient d'être arrêté pour le meurtre du même Philippe Cabrissade.

Villars resta interdit. Comment? Cabrissade était mort! Et c'était son propre fils adoptif qui l'avait supprimé! Il ne put s'empêcher de murmurer: Imbécile! Trop tard! et s'exclama avec un rire grinçant:

-Curieuse situation, ne trouvez-vous pas?

Charrois fut un peu choqué. Il rectifia:

-Triste, Monsieur Villars, triste. Je suis contraint de vous demander de nous suivre.

-Je suis à votre disposition.

-Je vous en prie... prenez tout votre temps!

Catherine sarcastique constata:

-Tu vois, ça s'arrange déjà!

Villars se dirigea vers la porte. Le Chef de la Sureté s'effaça devant lui:

-Après vous Monsieur Villars.

-Je n'en ferai rien, je suis ici chez moi!

Charrois salua et sortit, suivi du banquier encadré par les deux policiers.

*

On avait étendu le corps de Philippe sur son bureau. Etienne en larmes, se tenait debout à ses côtés. Grand-Père et Barandot essayaient de consoler Hortense prostrée sur un siège. Barandot prit le porte-plume de Philippe sur le bureau:

-Et voilà tout ce qu'il nous a laissé, son porte-plume!

Ce qui représentait sa grande valeur.

On entendit dans la rue un camelot crier:

-Des révélations sensationnelles sur le scandale de Panama. Achetez, lisez '*Le Vengeur*'!

-Tu entends? dit Grand-Père. C'est comme s'il n'était pas mort. Sa vie, c'était son journal. Il ne faut pas que ça s'arrête.

Barandot approuva:

-Tu as raison. Le journal ne s'arrêtera pas, n'est-ce pas Etienne? - Il lui mit le porte-plume dans la main - Il n'y a pas qu'au théâtre que le spectacle continue!

Etienne protesta faiblement:

-Moi? mais j'en suis incapable!

Hortense, surmontant son désespoir, se leva et prit sa main:

-Si! Etienne. Vous le pouvez, vous le devez. Philippe avait totalement confiance en vous. Il m'a dit que vous étiez sa conscience!

-Vous croyez? répondit Etienne, encore hésitant.

-On t'aidera, n'est-ce pas les gars? dit Grand-Père en se tournant vers les typos présents. Ceux-ci, d'une seule voix, approuvèrent bruyamment. Hortense soupira:

-C'est fini!

-Non Mademoiselle Hortense, ne dites pas ça, ce n'est pas fini... Ça continue!

Ce qui représentait sa grande valeur.

On entendit dans la rue un camelot crier:

-Des révélations sensationnelles sur le scandale de Panama. Achetez, lisez 'Le Vengeur'!

-Tu entends? dit Grand-Père. C'est comme s'il n'était pas mort. Sa vie, c'était son journal. Il ne faut pas que ça s'arrête.

Barandot approuva:

-Tu as raison. Le journal ne s'arrêtera pas, n'est-ce pas Etienne? - Il lui mit le porte-plume dans la main - Il n'y a pas qu'au théâtre que le spectacle continue!

Etienne protesta faiblement:

-Moi? mais j'en suis incapable!

Hortense, surmontant son désespoir, se leva et prit sa main:

-Si! Etienne. Vous le pouvez, vous le devez. Philippe avait totalement confiance en vous. Il m'a dit que vous étiez sa conscience!

-Vous croyez? répondit Etienne, encore hésitant.

-On t'aidera, n'est-ce pas les gars? dit Grand-Père en se tournant vers les typos présents. Ceux-ci, d'une seule voix, approuvèrent bruyamment. Hortense soupira:

-C'est fini!

-Non Mademoiselle Hortense, ne dites pas ça, ce n'est pas fini... Ça continue!

EPILOGUE

Les suites du scandale du canal de Panama firent l'objet d'un article que Chabert écrivit pour '*Le Vengeur*'. Il y commentait à sa manière les conséquences judiciaires ridiculement minces de cette affaire.

"*L'énorme scandale impliquant, pour des manoeuvres d'escroquerie, de concussion, de meurtres, les milieux de la haute finance, de la politique dans les sphères les plus élevées, et de la presse, a sérieusement ébranlé les fondements mêmes de la République. La justice, guère reluisante jusqu'alors, chargée de punir les coupables, a été d'une mansuétude tout aussi révoltante. On m'objectera qu'elle n'avait pas grand-chose à se mettre sous la dent. C'est malheureusement vrai.*

Les administrateurs de la Société du canal de Panama n'avaient vu dans cette entreprise que l'occasion de réaliser d'énormes profits. Quel mal y a-t-il à ça on se demande ?

La justice pouvait-elle poursuivre des entrepreneurs malhonnêtes et des administrateurs incompétents pour avoir volé l'épargne et conduit de pauvres gens au suicide? Bien sûr que non!

Les banques se sont enrichies de façon éhontée en faisant payer très cher des services qui ne leur coûtaient rien. C'était permis par la loi n'est-ce pas? Alors! il n'y a rien à dire!

On a entraîné des milliers de petits épargnants à la ruine en leur mentant effrontément. Mais est-ce vraiment à la justice de punir le mensonge?

Une certaine presse a fait payer au prix fort ses campagnes de désinformation. N'est-ce pas en définitive sa raison d'être?

L'affairisme parlementaire a honteusement bénéficié d'une indulgence scandaleuse. Certes on a dit qu'un nombre de ces parlementaires n'ont pas tiré de bénéfice personnel de la concussion, mais en auraient fait bénéficier leur propre parti. C'est ainsi que Charles Floquet s'est servi de La Compagnie de Panama pour financer sa campagne anti-boulangiste. Le scandale a cependant mis en lumière des moeurs parlementaires qui tolèrent l'intéressement des députés et des sénateurs aux bénéfices d'opérations financières dont le moins qu'on puisse dire est qu'elles ont souvent une odeur nauséabonde! Mais, pour ne citer que quelques exemples, Hébrard, sénateur de la Haute-Garonne, Maurice Rouvier, ministre, Jules Roche, député récidiviste, Emile Loubet, Freycinet etc... ont échappé au bras séculier. Sur les 500 à 600 dossiers qui étaient sur le bureau du juge Prinet, combien de condamnations? Elles se comptent sur les doigts d'une seule main:

Le ministre Baïhaut, qui avait naïvement avoué! Charles de Lesseps et un comparse nommé Blondin. Paul Barbé décédait et échappait ainsi à la condamnation. Pour couronner le tout, la Cour de Cassation cassait les jugements, car il y avait prescription. N'avait-on pas tout fait, précisément pour en arriver là en retardant sciemment la procédure judiciaire par des manoeuvres dilatoires?

Quant aux deux principaux corrupteurs: Le baron de Reinach est mort de façon fort opportune. La police persiste à croire qu'on l'a tout simplement supprimé. Le second, Armand Villars, avait été démasqué par mon ami Philippe Cabrissade, ici dans ce journal même. Ce vrai journaliste, ce modèle d'intégrité et d'honnêteté que je pleure, l'a payé de sa vie. Le banquier, lui, a bénéficié d'un non-lieu pour sa tentative d'assassinat. Car, comme par hasard, on n'a jamais retrouvé celui que Villars avait payé! Puis on a gentiment demandé à ce banquier d'emporter ses dossiers avec lui à l'étranger, où il s'est refait une virginité... fructueuse, comme les autres comparses de cette sinistre histoire, Arton et Cornelius Herz.

Tout cela laisse un goût fort amer. Le mariage de la politique et de l'argent est encore moins supportable que celui du sabre et du goupillon. La République connaît l'enfer. Electeurs et lecteurs, exigez la grande lessive par votre vote. Jadis on a réussi la séparation de l'Eglise et de l'Etat. N'est-il pas temps d'imposer à nos représentants la séparation de l'Argent et de l'Etat? La mémoire d'hommes comme Philippe Cabrissade le mériterait bien.

FIN